小狐狸們開飯囉！

稻荷神的員工餐

松幸果步　著

菜單

登場人物介紹
illustration テクノサマタ
かのはら ひでひさ
加之原秀尚
京都一流飯店的廚師，二十六歲。
個性直率且重情義，
因為一點原因開始為小狐狸們煮飯。
あさぎ
淺蔥
雙胞胎狐狸。淺蔥活潑、
萌黃文靜，但兩人都很頑固。
最喜歡吃漢堡排。
もえぎ
萌黃
やぎはら
八木原
かんばら
神原
秀尚工作的
飯店廚房員工。
神原很照顧人、
八木原有相當
蠻橫的一面。

薄緋（うすあけ）
「萌芽之館」的館長兼幼保狐狸。
主要照顧擁有妖力的小狐狸們，
文靜溫和卻相當嚴厲。
冬雪（とうせつ）
六尾稻荷。身兼與本宮的聯絡工作
和「狹間之地」的守衛工作，
是個開朗又受人喜愛的帥哥。
壽壽（すず）
小雪女
陽炎（かぎろい）
六尾稻荷，負責「狹間之地」的守衛工作。
個性開朗，是個愛吃美食的吃貨，
他的胃完全被秀尚擄獲。
白狐大人　陽炎等人的長官，居住於本宮的白色九尾狐，總而言之是充滿謎團的存在。

太陽開始替天空染上柔嫩橘紅之時，花朵與果實的香甜濃郁氣味乘著偶爾輕柔吹拂的風而來。

梅花、櫻花、紫藤、繡球花，還有胡枝子與桔梗等花朵盛開，樹枝上長滿蘋果、橘子、枇杷、櫻桃、桃子、梨子、柿子等水果。

完全視各自產季於不顧的樣子，簡直就像世外桃源。

「淺蔥，等等我。」

「萌黃，快點、快點。」

可愛的聲音在這世外桃源裡響起。

有著米黃色頭髮與眼睛的兩個小男孩，手上各拿著一個竹籐編織而成的提籃。

兩人都有存在感相當強烈的耳朵——那不是普通人類的耳朵！有著柔軟皮毛、與狗相似的三角形耳朵就長在他們的腦袋兩側。

以及，他們背後長著尾巴。

兩人正擺動著尾巴，朝目標的農田前進。

這塊土地，是和人類居住的世界隔著一層薄膜的「狹間之地」。

因為又與神明居住的神界不同，位處兩者夾縫之中，所以稱為「狹間之地」。

兩個孩子就是這裡的居民。

「萌黃，今天要摘什麼回去？」

「我想想喔，絕對要摘草莓。」

「嗯！絕對！」

抵達農田的兩人，看著仍舊不理會季節感而結果的作物思考過後，首先摘取第一候補的草莓。

摘好一定分量後站起身的兩人，看見身邊那個剛剛還不在那裡的「東西」。

兩人無聲地睜大眼睛後，彼此對看。

有著幾乎相同臉蛋的兩人同時喊出：

「是人類耶！」

接著跑到倒在農田旁的人類身邊。

這是個年輕男子，這裡明明沒有下雨他卻全身濕透，衣服上滿是泥濘。

探頭看他的臉，蒼白得讓人懷疑他是否還活著。

試著摸他的手，他的手好冰冷。

「好冰……該不會死掉了吧？」

孩子們戰戰兢兢地窺探他的狀況。

「不對，他有在呼吸。」

手往他的鼻前探，感覺到微弱的氣息，所以知道他還活著。

兩人再度看著彼此，

「帶他回去吧！」

「好！」

兩人立刻團結一致，把倒在田邊的人類撿回「家」。

一

「前菜完成了！」

「好，前菜是六號桌吧？」

「甜點快完成了嗎？」

「再一下下。」

午餐時段的廚房裡，整體沒來由地飄散著殺伐氣氛，工作人員井然有序地料理食物。

加之原秀尚，在這個歷史悠久的「一流」飯店，被分配到負責主菜的工作已經五年。

他原本在東京的飯店工作，但在半年前調職到同集團位於京都的這間飯店來。

這並非秀尚自願，但也不是被貶職。

秀尚工作的這家飯店分別在東京、京都、福岡與北海道設有據點，他們會讓有前途的員工到不同區域的飯店學習，類似交換留學制度。

也就是說，秀尚是「有前途」的員工，說穿了就是走在出人頭地的道路上。

「加之原，來幫忙做甜點。」

看見秀尚已經完成負責的料理，手邊稍微得閒，領班立刻要他支援其他人。

「好。」

秀尚回應後立刻移動位置，前往製作甜點的神原身邊。

「我能幫什麼忙？」

一開口，神原露出嚇一跳的表情。

「那麻煩做三盤A甜點。」

「我明白了。」

秀尚簡短回應後，開始著手製作被指示的甜點。

甜點大多由甜點師傅負責，但甜點師傅前幾天得了急性盲腸炎住院，現在只能看當天的班表臨機應變。

「真的幫大忙了……我和鮮奶油犯沖啊。」

交給秀尚的A甜點，得用鮮奶油在盤邊畫出雙重裝飾。雖然是模樣稍顯複雜的盤邊裝飾，但秀尚做起來得心應手，一下就完成了。

「我念專門學校時也常衝著鮮奶油亂罵一通，『我和你百分之百合不來！』之類的。」

秀尚笑著說，把完成的甜點盤放到出餐櫃檯上。

「神原，動作俐落點，要是做不來，就該在交代你時拒絕。」

前輩八木原口氣嚴厲地責備動作緩慢的神原。

「不好意思。」

神原立刻道歉，回去繼續工作。

八木原打落水狗般不屑地朝神原拋下一句「垃圾」。

因為這時段忙碌，多少覺得心情不從容也是無可奈何。但正是因為忙碌，能幫忙就該幫忙讓事情更順利進行，這是秀尚在東京工作時的基本原則，所以八木原的講話方式讓秀尚不敢領教。

但現在討論這個只是浪費時間，而且秀尚來這裡時，八木原早已是這樣的人了。

「神原前輩，別在意比較好喔。」

秀尚用只讓神原聽見的音量小聲說完後，回到自己原本的工作崗位上。

午餐時段的最後點餐是下午兩點。

午餐料理供餐結束，完成一半善後工作的下午三點，是晚餐時段員工的上班時間，他們會和午餐時段的秀尚等人交班。

「加之原，你今天接下來有事嗎？」

收工後一起來到更衣室的神原，邊換衣服邊問秀尚。

「嗯～～我五點之後借了一個料理工作室，想要去那邊試作一些東西。」

「啊，這樣啊，你今天來幫我，我想要請你喝個茶之類的，你覺得如何？」

神原似乎相當在意加之原幫他做甜點的事情。

「不用那麼多禮啦，我也沒幫上什麼大忙。」

「但是你真的幫了我，在心情上。」神原說完後露出軟軟的笑容。

他的語調就和他的笑容同樣輕柔。

在標準腔調環境長大的秀尚，一開始覺得關西腔調聽起來都一樣，但最近他開始能區分每個人的話中含意都有些許不同。

語氣果然會呈現出話者的人品……不對，這或許是理所當然的吧？

「啊～～那我反過來問，神原前輩，你今天接下來有事嗎？」

「沒有，就是回家洗衣服而已。」

「那麼，五點到料理工作室來吧，然後請給我的試作品一點評價。」

秀尚這話讓神原露出驚訝的表情。

「是可以，但那應該稱不上道謝吧？感覺只有我單方面受惠耶。」

「是不是受惠還不知道喔，而且啊，孤單一人在料理工作室裡默默煮菜也有點痛苦，還是想要有人陪我說話。」

秀尚說完後，神原面帶些許苦笑地點點頭。

「我知道了，那麼五點見。」

約好後，兩人先回自己家一趟，然後約好五點在料理工作室的門口見面。

料理工作室就是會用來開設廚藝教室等活動的租賃廚房。

專業道具一應俱全，秀尚常常來租借。

他現在住的公寓只有簡易廚房，而且沒有烤箱，所以沒辦法試作料理。

秀尚詢問其他同樣獨居的員工後，他們告訴秀尚包含這個工作室在內的幾個租借廚房。

在這之中，離秀尚公寓最近的就是這個工作室。

「試作品是這次的新菜單嗎？」

走進料理工作室後，神原開口問他。

「對，神原先生有打算提出什麼嗎？」

飯店會依季節更換菜單，每次都會徵求新料理。所有廚房員工都可以參加，如果作品優秀就會被納入菜單內。

還在東京工作時，秀尚只要有想法就會盡可能參加。目前為止只被選上一次，而且是僅限一季的料理，但即使如此也很厲害了。

「不，我沒有想參加，我一年頂多參加個一次吧。」

「這樣啊，你打算要參加時請讓我試吃喔。」

秀尚邊說邊把在家裡準備好的派皮麵糰放進冰箱裡。

「你冰了什麼啊？」

「派皮麵糰。如果在這裡從派皮開始做會花很多時間，所以我昨天先把麵糰做好冰進冰箱。」

「那你是要試作甜點囉？」

「不，我預定要做前菜。」

秀尚說著，把接下來要在這邊處理的食材擺出來。

蘋果、優格、雞蛋、蝦子、花枝、蠶豆……等等，許多東西擺上了桌面。

「派類的前菜啊，感覺很有趣。」

神原說完後大概打算就此在旁觀賞，拿來擺在房間牆邊的椅子坐下。

「加之原是從製菓專門學校畢業的吧？」

「對，從高中的餐飲科畢業後，又到製菓專門學校念了兩年。」

「這樣的話，你不是想要當甜點師傅或是巧克力師傅嗎？」

秀尚知道神原想說什麼。

從高中餐飲科畢業後，不是直接就業而是選擇進入製菓專門學校就讀，一般來說就是想當甜點師傅或是巧克力師傅。

但秀尚不是錄取為甜點師傅，而是一般的廚師。

「啊～～說來話長耶，要聽嗎？」

秀尚邊準備邊問，見神原點頭後才繼續說。

「我外公和外婆開了一間西式小餐館，但他們的小孩包括我媽在內都沒人當廚師，我小時候很常到外公的店裡玩，自然而然就想著以後要和外公一樣當廚師，所以才會去念餐飲科。然後三年級要決定出路時，我就說『我想在外公的店裡工作』，嗯，外公其實也隱隱約約發現我的想法了啦。」

「那你現在在這裡，是被拒絕了嗎？」

會這樣想也是理所當然吧？但秀尚搖頭。

「不，外公答應了，但他也說趁年輕多學一點絕對會在將來派上用場，所以我才會繼續念專門學校。只不過，專門學校一年級念到一半，外公就因為中風倒下了。」

「該不會是過世了吧？」

神原提問後臉色一沉。

「不，還活著，只不過右半身麻痺，沒辦法和之前一樣在店裡工作，所以退休了，現在是一直在那邊工作的徒弟負責繼續經營。」

秀尚說完後，神原表情複雜卻也鬆了一口氣。

「不知道能不能說真是太好了……但還活著真是太好了。」

「對，我也這樣想。但是……我原本是想和外公一起工作的，所以外公退休後就讓我不太想在沒有外公的店裡工作……然後我就到飯店來了。」

秀尚說完後，神原理解地點點頭。

「原來是這樣啊。我還想你從製菓學校畢業怎麼不是當甜點師傅，原來是外公的建議啊。」

「託外公的福，真的派上許多用場。念專門學校時，鮮奶油老是奇形怪狀，還遇到酵母菌要不死掉、要不失控，我真的是大抓狂呢。」

邊說邊笑的同時，我也絕對沒有停下手邊的動作。

在準備配料的同時預熱烤箱，拿出放在冰箱裡靜置的派皮麵糰。

「啊，是綠色……」

看見擺在撒上麵粉的料理檯上的派皮，神原驚呼。

拿出來的麵糰是綠色的，與奶油層層交疊出漂亮層次。

「我加了菠菜泥，我小時候很挑食……外公和外婆用盡各種手段讓我克服挑食，我這次就拿出來運用了。」

「你不敢吃菠菜啊？」

「我想應該是在家裡吃的時候，菠菜對小孩的味覺來說太澀了，然後和菠菜相似的東西全都不敢吃了……外婆先是把菠菜混進麵糰裡……」

做成麵包後，幾乎吃不出菠菜的味道。

接著慢慢習慣，最後變成所有菠菜料理都敢吃，克服菠菜後，原本不敢吃的葉菜類也幾乎全沒問題了。

「你把這個運用在派皮上了啊？」

「沒錯。」

將派皮壓模，交疊成想要的形狀後排在烤盤上，排好時烤箱也正好預熱完成，把派皮放進烤箱烤。

「用烤派皮的時間來準備餡料……雖然這樣說，也只是簡單水煮蝦子、花枝和蠶豆而已啦。」

「水煮後放在派皮上，然後淋醬？」

「很簡單對吧？」

「那你打算在醬汁下功夫？」

「就是這樣，然後我有點猶豫，我會做兩種醬，你試吃之後再給我一點意見看哪一種好。」

「我的意見真的可以嗎？我說不定會說『糟透了』喔？」

神原笑著說。

「如果你真的打算說『糟透了』，那你現在就不會先講了，而會笑著說『包在我身上』之類的，然後誇獎不怎麼好的那一個。」

「啊，這樣啊……我失敗了耶。」

秀尚對仍舊笑著說話的神原說出一直感覺到的事情：

「你的語調，總覺得讓人很安心耶。」

「是嗎？啊～～大概因為我不是京都人吧？就算不看這點，同班同學也說過『你感覺有點娘』，我有兩個姐姐和一個妹妹，這大概也有影響吧。」

「總覺得是個讓人超羨慕的組合耶。」

「才沒你想得那麼好……」

神原邊說邊歪過頭。

「你是奈良人吧？」

「對，奈良北部，不過就算同為奈良，往南邊走又會有點不同。」

「同樣是關西也有那麼大的不同嗎？」

「關東的人大概感覺不太出來，像是發音的含意、語尾這類的，不同的地方很多喔。」

「語尾，大阪人會加上『的咧』之類的嗎？」

秀尚說完後神原一笑。

「那在大阪應該也只有一小部分人會說喔，京都的『的呢』也是，一般會這樣說話的人也不多。」

「……我剛來這裡時聽起來全都一樣，但除去哪裡人的差別後，果然會因為講話的人的個性之類的完全不同耶。」

「這個……不管到哪裡都一樣吧？」

「嗯，也是啦……但下同樣指示時，要是出自八木原前輩口中就會讓人覺得有點火大。今天也是啊，你又不是只做甜點，大家工作都很忙，只是你好不容易剛好有空了才過去做甜點，他明明知道還那樣說話。」

聽見秀尚把中午的事情拿出來說，神原不禁苦笑。

「那也是沒有辦法的事，不能因為我們的狀況就讓客人等啊……我要是早一點請人幫忙就好了。」

「但是……除此之外也有很多我不能接受的事，你不覺得他超級蠻橫嗎？之前也是，明明是他忘記要下令做準備，卻怪罪別人耶，然後老是拍主任馬屁……」

八木原對立場比自己弱勢的晚輩態度惡劣，不只有把麻煩事全推到晚輩身上的感覺，秀尚還看過他對回嘴的晚輩回以十倍以上的痛罵。

但他在主任面前卻裝得相當和善。

「那不就是職權騷擾嗎？但是為什麼大家什麼也不說，默默當沒這回事啊？我承認他技術的確很好，但他那種程度，東京廚房裡也有好幾個相同程度的前輩……如果要我一直在他底下做事根本就是折磨啊。」

「……你絕對不能在八木原前輩面前提到東京廚房的事喔。」

原本苦笑的神原突然換上一張認真的表情。

「他在東京發生什麼事了嗎？但那個人應該沒來過東京吧？」

如果曾到過東京，秀尚應該會知道。還是，那是在秀尚進飯店工作前的事情呢？

神原稍微猶豫一會兒後，才開口回答秀尚的問題。

「和你現在一樣，八木原前輩也因為員工交換到北海道去過，然後也有東京的員工去……結果被重用的是東京的人。八木原前輩只去北海道後就回來京都了，那個東京的人還去了福岡，應該是去年左右回東京的吧。」

「啊……是依田前輩。那個人是無人可及的王牌耶，東京的下一任主任。」

秀尚知道神原口中的人是誰。

遇到這個對手只能說八木原超級不幸運，但想到他的人品後也覺得這是理所當然的結果。

廚房的工作得要能夠統率所有工作人員才行。

上層大概看穿八木原做不到這點，所以才讓他回京都的吧。

「如果想要走上出人頭地的道路，就有個要去另外兩個據點後再回原本飯店的潛規則吧？沒走上這條路似乎傷了他的自尊心，所以主任應該也有考量這一點吧……」

「那八木原前輩原本是更和善的人嗎？」

「有點自恃甚高，還想要搞小團體吧……但他現在可能覺得大家都在嘲笑他只去了一個據點就被遣返，拜託，光是能出去交換已經夠厲害了耶，又不是每年都有，對吧？」

正如神原所說，並非每年都會交換員工。

大概三到五年一個週期，各據點派出一個人，最多兩個人。如果沒有適合的人選，也可能不會派遣。

在這之中會被派遣到第二個據點的人，真的只有一小部分。

也就是說，這就是八木原自信的來源。

「所以我聽到有東京員工要來的時候有點擔心，擔心他會不會對你很不客氣。」

「目前看起來是還沒有問題。」

「嗯，所以啊，我想他是不是稍微振作起來了。」

神原說完後柔柔一笑。

「……神原前輩你前世是天使還是什麼嗎？我總覺得我看到你背後散發光芒耶。」

秀尚佩服地說，神原則邊搔頭揮手，邊苦笑回應「才不是、才不是」。

但是，神原的人品高尚到讓人會這樣覺得。

秀尚出社會後稍微修正，懂得踩煞車了，但他原本的個性有點粗暴，並不是沉著穩重的那種人。

小時候附近鄰居說他從外表來看是「開朗又活潑的好孩子」，但大概是因為在兄弟打鬧中長大的關係，他的活潑朝不怎麼好的方向發展。

所以才更深有所感吧。

「我要生氣時也是會生氣的喔。」

「週期七十年一次之類的嗎？」

「我沒想到竟然會有人用竹子開花的週期來形容啊。」

神原笑著回應時，烤箱烘烤完成的聲音響起。聽到聲音後，中途停下手的秀尚急忙回去水煮食材。

等待烤好的派皮冷卻時，開始製作兩種醬料。他把做好的醬汁放到冰水中冰鎮，趁此時把水煮的蝦子、花枝和蠶豆擺到派皮中央的凹陷處，確定完全冷卻後淋上醬汁。

「……完成之後就是這種感覺。」

一個淋上塔塔醬，另一個淋上加入味噌提味的醬汁，秀尚把兩個派遞到神原面前。

「喔～～看起來不錯呢！」

神原邊笑邊說，從各個角度觀察派。秀尚拿出自己的手機，拍攝提交食譜時要附上的照片。

「那麼，我要開動了。」

神原規矩地雙手合十後，用叉子從中央將派一分為二。

「外面烤過之後看不出顏色，但裡面的綠色很明顯呢……和蝦子的紅色相互映襯之後真漂亮。」

神原邊說感想，首先只吃配料，接著再搭配派皮一起吃，比較兩種醬汁的味道。

「如何啊？」

「我覺得兩種都好吃。右邊的塔塔醬，加入一半優格，一半的醃黃瓜也換成蘋果後，清淡的甜味明顯，清爽的感覺很棒；左邊提味的味噌創造出濃郁感，很鮮美，只不過顏色比較深，和右邊比較起來，右邊外表的清爽感稍顯遜色。兩個味道都很棒，完全看個人喜好了……我喜歡左邊這個。」

秀尚也大致同意神原對兩者的評價。

「左邊啊……我也比較喜歡這個。我小時候不敢吃塔塔醬裡的醃黃瓜，所以外公就加蘋果還用優格調和，做出我專屬的醬，然後我就變得敢吃了……這一次我想要多一點濃郁感，所以又加入味噌。」

「你真的是在愛中長大的呢。」

神原感慨甚深地說著。

實際上秀尚也這樣認為，但承認也讓他害臊。

「我是個挑食、讓他們費很多心的孫子，他們像是用盡各種手段要讓孩子吃東西的感覺。」

秀尚語帶滑稽地說完，神原也跟著說：

「在外公、外婆的專業廚師精神上點火了啊。」

「應該是這樣說，多虧有他們，我現在幾乎沒有什麼討厭到不敢吃的東西。」

神原對此說了「要感謝他們呢」後，指著剩下的試作品：

「……我可以再吃一個嗎？」

「啊，請用，別說一個，請盡量吃，配料也請隨意拿。」

為了預防失敗，秀尚盡可能多準備了一點派皮，烤盤上留有許多沒擺上配料的派皮，碗裡也還有許多配料，秀尚便指著這些說。

「謝謝，總覺得有點餓了。」

「啊，那麼，這邊整理好之後要不要一起去吃飯？」

秀尚開口邀約後，神原點點頭。

「那我請客，我今天原本要謝謝你的。」

「那種小事不用在意啦……但是，多謝招待了。」

自己邀約還讓對方請客也有點過意不去，但秀尚決定接受他的好意，秀尚把配料隨意放到剩下的派皮上，順便當成清食物。

＊

兩天後，秀尚提交完成的食譜。

他把食譜放進信封裡拿到主任辦公室時，主任剛好和進貨業者開會不在。要是等主任回來，就會超過上班時間，而且主任事前有說如果他不在，就把東西放進抽屜裡，所以秀尚就把食譜放進抽屜後去上班。

食譜提交期限是三天後。

十天後公布獲選食譜。

當然也常見沒有任何食譜獲選的狀況，所以秀尚想著要保持平常心，盡量別太期待，但這道食譜裡有太多回憶，讓他比平常更在意。

但還能從容在意這件事也只到提交食譜的隔天為止。

兩天後，很早以前就身體不適的廚房員工在工作時發高燒昏倒了。

原本甜點師傅就因為盲腸炎住院中，人手不足的廚房變得更加忙碌。

因為這樣，注意力可能有點渙散了吧。

「咦……櫃子開著……」

下班後來到更衣室裡的秀尚，發現自己應該關好的櫃子門打開了。

「你忘了鎖嗎？」

今天同一個班表的神原聽見秀尚低語後問他。

「不……我應該有鎖上啊。」

秀尚早已養成鎖櫃子的習慣，至今未曾忘過，所以他覺得今天應該也有鎖，但養成習慣的動作根本不會特別去注意，所以他也不確定。

「你姑且確認一下有沒有東西被偷比較好喔。」

神原說完後，秀尚開始確認放在櫃子裡的東西。

說確認，貴重物品也只有錢包和手機而已啦。

兩個東西都在，也沒其他怪異處。

「似乎沒問題。」

「太好了，或許是鎖頭容易鬆吧。」

「啊～～也可能是因為那樣。不管怎麼樣，沒東西不見真是太好了。」

「就是啊，這邊只有工作人員會進出……懷疑自家人總是感覺不太好。」

秀尚同意點頭，換好衣服後和神原一起步出更衣室。

「話說回來，你下週開始休假對吧？行李收好了嗎？」

邊朝外面走，神原聽見秀尚的問題露出愁苦表情。

「嗯……算是準備好了吧……但是，真的可以在這種狀況中請假嗎？我有點過意不去。」

神原從下週一開始請假十天。

理由是要參加姐姐的結婚典禮，那個姐姐現居法國，婚禮也在法國舉辦，所以神原全家人要一起去歐洲。

「是姐姐的結婚典禮，不去不行啦，要不然你會被怨恨一輩子。」

「但是現在人手不足耶……」

「沒問題啦，聽說日野先生下週就回來上班了，井川先生今天早上似乎也退燒了，我想最晚下週也會回來。」

神原好幾個月前就提出請假申請，老早就決定好了。

主任還說「既然都要去法國，那就順便去參觀學習一下」，替他聯絡有交情的法國飯店主廚，所以所有人都知道神原的行程最後幾天也兼研習。

但最近屋漏偏逢連夜雨，也確實讓神原無法開心出發。

「別擔心，我會努力彌補你的空缺，請多帶一點伴手禮回來。」

秀尚希望可以減輕神原的心理壓力，邊說邊握拳朝神原伸出去。

神原稍微笑了一下，「那麼我就不客氣囉。」握緊拳頭，輕輕與秀尚互擊。

隔週一，甜點師傅日野按照原定計畫復工，發高燒昏倒的井川也在前一天回到工作崗位上。

井川回來時神原已經鬆一口氣了，當秀尚傳訊通知他日野也回來後，他回覆：

「我現在在機場，那我就安心出發囉。」

秀尚同樣鬆了一口氣，最近做甜點的工作常落在秀尚身上，班表也相當勉強人。

大概是太累了吧，他變得淺眠，光是有貓咪在外走動或有什麼動靜都會驚醒他。

因為神原不在，還沒有辦法回到原本的正常班表，但即使如此，也不需要一天排兩班了。

就在以為「終於可以安定下來了」之時，那件事發生了。

這天，秀尚的班表是午餐時段。工作結束走往更衣室時，員工通道上的布告欄發表了獲選的食譜。

只有一道獲選。

那是「加入菠菜泥的派皮，搭配季節性水煮海鮮」。

這是秀尚提交出去的食譜。

但是，看見布告欄上公布的提案者名字時，秀尚全身僵硬。

因為欄位內寫著「八木原宗佑」。

「咦……」

就連食譜的詳細內容，不管怎麼看都是秀尚的東西。

這是怎麼一回事……？

派料理不是什麼太創新的東西。

但可能連創意改編的部分全部一模一樣嗎？

雖然隨附照片的派皮形狀有點不同，但還是太奇怪了。

「加之原，怎麼啦？」

看見秀尚死盯著布告欄上的食譜看，相同午餐時段班表的同事開口問他，接著發現秀尚在看食譜，

「啊啊，這個食譜啊，雖然簡單，但做得很棒呢。」

不知內情的同事直接說出感想。

「……不對，這個是我的……」

說出口的瞬間，怒火直上心頭。

沒錯，這是自己做出來的食譜。

八木原的班表是晚餐時段，所以在秀尚工作結束的同時交班進廚房了。

那個混帳……！

「加之原？」

同事被秀尚突然轉身朝廚房衝過去嚇了一跳，雖然聽見同事喊自己，但秀尚根本無法從容回應。

秀尚衝進廚房後，直直朝正和其他要好同事邊談笑邊準備的八木原走去。

大概發現有人靠近吧，八木原突然朝秀尚的方向轉過頭，接著露出明顯心虛的表情。

這混帳……！

光從這表情，就確定食譜不是只是剛好相同，而是確實被八木原偷走了。

「你這混帳！竟然偷別人的食譜！」

秀尚抓住八木原的胸襟怒吼。

「加之原！」

和八木原談笑的同事，被秀尚突如其來的舉動嚇得大叫，正在嘈雜著做準備的廚房瞬間一片寂靜。

「偷？你說什麼啊？」

八木原聲音微微發抖回應。

「那個食譜！那是我提交出去的食譜！」

抓住胸襟的手更加用力。

「你別亂找碴啦，那可是我想出來的食譜！」

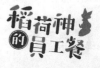

「從菠菜、加入優格和蘋果的塔塔醬，連再加入味噌這點全都一樣，是有怎麼樣的偶然才會想出一模一樣的食譜啊！」

秀尚才剛說完，

「你們這是在幹嘛？」

來到廚房的主任，看著秀尚和八木原怒吼。

聽到聲音後，秀尚粗暴地推開八木原、放開他的衣服。

「到底發生什麼事了？」

主任走近詢問兩人。

秀尚靜靜地狠瞪八木原，八木原搖搖頭：

「沒有，沒什麼事。」

「要是沒什麼事，加之原幹嘛抓你的胸襟啊？加之原，理由呢？」

主任問秀尚理由，秀尚用力吸一口氣再吐掉後，才開口：

「我提交的食譜，和八木原前輩提交的食譜完全一模一樣。」

聽到這句話，主廚歪過頭。

「加之原，你這次沒有提交食譜啊。」

「什麼……？」

「這次提交食譜的只有五個人，我沒有看到你的東西啊。」

「怎麼可能！我上上週交出去的！因為主任剛好不在，所以我就照你先前說的放進抽屜裡了……」

秀尚這段話讓主任露出驚訝的表情，他環視廚房一圈。

「別慢吞吞停下手，快點做準備。加之原，你跟我來。」

主任說完後，要秀尚跟他走，接著帶他走進主任辦公室。

「你是什麼時候提交食譜的？」

「上上週的……週四。」

「你有交出來的食譜的檔案嗎？」

「沒有，我是用手寫的……」

秀尚沒有電腦，大多事情都可以靠手機完成，無論如何需要電腦時去網咖就解決了。

所以，食譜也只有他交出去的那一份。

「回家之後，就可以找到試作時的筆記之類的東西。」

「這會出現『回家之後偽造筆記』的嫌疑，所以不行啦。」

「怎麼這樣……」

秀尚不知該如何是好了。

只不過，那確實是自己提交上去的食譜。

「我說啊，我也不覺得你是那種沒憑沒據亂找碴的人，但同樣地，我也不認為八木原是那種會偷人家食譜的人。我看到的食譜中，沒看見你的食譜，如果你說你有提交食譜，沒辦法拿出證據來我也沒辦法處理。」

主任的語調完全沒有責怪秀尚的意思。

但只要沒有證據，秀尚的行為就只是在「找碴」。

秀尚拚命思考有沒有什麼證據，突然靈光一閃。

「我有照片，和食譜一起提交的照片是用手機拍的。」

「讓我看看。」

主任說完後，秀尚急急忙忙跑回更衣室拿手機再回到主任辦公室。

但是，秀尚的手機裡沒有任何料理的照片。

變更派皮尺寸時，以及變更配料時他都有拍照，但連那些照片也全部消失了。

秀尚白了一張臉拚命找照片的樣子相當不尋常吧。

「……加之原，怎麼啦？」

「……不見了，只有料理的照片全部被刪除了……」

「被刪除……這是你的手機吧？除了你以外誰有辦法刪啊？」

確實如此。

而且秀尚也沒做出能讓其他人碰他手機的行動。

除了自己沒有人能刪。

主任對著沉默的秀尚說：

「總之，如果找到那確實是你提交的證據，不管什麼時候都好，拿來給我看。」

說完，他輕拍秀尚的肩膀後回到廚房去。

——為什麼……

那是自己的食譜耶。

但是為什麼啊？

他只覺得這是場噩夢。

但是，噩夢會醒。

而很可惜，這是現實。

「為什麼啊……」

連自己怎麼回到家的都不記得。

回過神時，秀尚已經在公寓裡，坐在地毯上了。

被偷的食譜。

消失的照片。

就算可以證明他曾到做試作品的工作室去，也沒辦法證明他在裡面做了什麼。

但是……他有人證。

「神原前輩……！」

秀尚有請他試吃。

如果是神原，他肯定願意作證那個食譜是秀尚做的。

秀尚開始尋找神原的手機號碼，接著又放棄了。

神原大概願意替自己作證。

但要是被說他們兩個串證，那也沒轍了。

沒有確切的證據就請神原作證，只會讓他的立場變得難堪。

秀尚總有一天會回東京。

就算他人白眼以對，也只要忍到回東京。

但神原是這裡的員工，這會讓他處於長期難以自處的狀況當中。

因為知道這點，所以沒辦法拜託他。

「要是照片有留下就好……」

只要有照片一切好解決，但照片不見了。

為什麼只有料理的照片從手機裡消失了呢？

到底是何時變成這樣的啊？

秀尚不會讓其他人碰自己的手機，基本上隨身攜帶。

只有待在禁止帶手機進入的廚房時，手機才會離開自己手邊。

但那時候，手機就放在櫃子裡……

「啊……」

秀尚想起前一陣子櫃子沒上鎖的事情。

那時他還以為是自己忘了鎖，或是沒有鎖好，大概因為什麼原因開了吧。

但那如果是被故意撬開——雖然不知道對方怎麼做到，或許只要有道具，那種鎖很容易就能撬開——那時應該就能操作秀尚的手機。

雖然手機有上鎖，但他簡單地將密碼設定成自己的生日。

因為他根本沒想到會發生這種事情啊。

當然，這都只是秀尚的猜測。

但只要這樣一想，點和點全部連上了。

雖然連上了，卻沒有東西可以證明。

「可惡……」

只有無能為力的絕望感不斷堆積，秀尚倒在地毯上，如胎兒般蜷曲身體，拚命忍住不停往上湧的嗚咽聲。

不管怎麼樣悲傷，地球都不會停止轉動，太陽依舊升起。

今天秀尚也是午餐時段的班表。

昨晚就那樣沒關燈睡著，地毯下方是堅硬的地板，大概因為那樣，身體又痛又沉重。

拖著沉重身體勉強起身沖澡的秀尚，拿過沐浴乳時感到有點怪異。

似乎少很快？

但這裡只有秀尚一個人住，沒有朋友會來過夜，他當然也沒有女朋友。

「……應該是我想太多吧？」

用「因為有點煩躁，才會對一些小事變得在意」說服自己，秀尚做好準備，一如往常地去上班。

但廚房裡的氣氛和平常不同。

和平常一樣打招呼是會得到回應，但總有種疏離感，感覺大家都不想讓其他人認為自己和秀尚要好。

從這副模樣，就知道大家都聽說昨天那場騷動了。

因為秀尚無法證明那是自己的食譜，大家或許認定是他單方面找碴吧。

這麼一想就不甘心，但無法證明也是沒有辦法的事。

就算他說出和外公、外婆之間的回憶，被人說只是放馬後炮他也沒辦法反駁。

不幸中的大幸是，這段時間他和八木原的班表沒有重疊。

如果在相同時段工作，他不認為自己能冷靜下來。

——工作歸工作。

既然是專業廚師，只要進廚房，就要對眼前的料理盡心盡力。

他腦袋明白只能這樣做。

雖然明白，但只要一回神就會發現自己開始在想，該怎麼樣才能證明那是自己的食譜，導致他小錯誤不斷。

「加之原，這個沒有淋醬。」

服務生看見出餐櫃檯上的料理後對他說，秀尚慌慌張張淋上醬汁。因為慌張，連不必要的地方也沾上醬汁了。

「啊！」

「冷靜一點，沾到的地方稍微擦掉就好了啦。」

簡單就能解決的小錯誤。

但當錯誤不是一、兩次，而是不停重複後，這讓他好沮喪。

如果只有一天，身邊的人還會寬容。

但秀尚過了三天還沒振作，反而更加惡化。

像是準備食材時用錯切法，搞錯要做的醬汁種類，最後竟然，

「……啊！」

把擺好盤的料理端到出餐櫃檯時，手一滑掉在地上。

「哐噹」一聲，盤子破了。

「對不起！」

秀尚慌慌張張蹲下身收拾，主任走過來抓住他的手。

「加之原，你過來一下。」

「呃……但是，我得先收拾這個才行。」

「別理那個，誰過來收拾一下。」

說完後，不由分說地將秀尚帶離廚房，走進主任辦公室。

「加之原，你明天開始休假一週吧。」

一進辦公室，主任如此說。

「咦……不，我沒事，很不好意思。」

秀尚慌張回應，但主任搖搖頭。

「什麼沒事，臉色這麼差，是不是沒有好好睡？」

被主任說中了，秀尚沉默不語。

大概是精神狀況不穩，他常覺得該只有自己一人的房間裡好像有其他人。

下班回家後，明明和出門時沒有任何不同，他卻覺得氣氛不太一樣。

正如同櫃子被誰打開——當然可能不是這樣，但秀尚只能這樣認為——這房間的門也被誰擅自打開，想到這裡，一點動靜都會吵醒他，甚至連窗外風吹動樹枝的聲

音都會吵醒他。

「從日野住院那時以來，就沒讓你休息過，你大概是累了吧。先好好休息一次重新振作吧，今天已經過尖峰時段了，你就直接回家，等下一次班表決定後再通知你。」

主任語調溫和，卻有著不容拒絕的威嚴。

「……我、我明白了……不好意思，我先出去了。」

秀尚朝主任一鞠躬後走出辦公室。

要是能單純想成主任是慰勞他累了就好，但他也知道不只是如此。

工作時態度不積極，也會傳染其他人。

所以才要他休長假，明明神原都還沒回來就要他休長假。

因為主任判斷，秀尚在這裡所帶來的負面影響比他不在更大。

而秀尚因為自己只能有這種工作表現，而陷入自我厭惡。

二

回公寓後不想做任何事情，秀尚總之先癱在了床上。

拖拖拉拉想事情想到睡著，醒來時已經是半夜三點了。

他下午兩點過後回到公寓，就算記得那之後半睡半醒一、兩個小時，也睡了十小時以上。

從最近一點小聲音就醒來的傾向來看，可以睡那麼久簡直是奇蹟。

——是因為想著得去上班才行，所以才沒有辦法睡嗎……？

拖著剛睡醒而不清楚的腦袋慢吞吞地下床，他移動到隔壁客廳去。

「休息一週啊……」

有這麼長的時間，就能做許多事情。

可以來一趟小旅行，也可以久違地回家一趟。

只不過，說要旅行他也想不到要去哪，突然回家感覺會被問東問西。

但是哪裡都不去只待在家裡，感覺只會越來越消沉。

所以雖然沒特別想去哪裡，秀尚覺得還是要走出家門比較好。

「看電影？買東西？」

沒有想看的電影，說要買東西，現在也想不到要買什麼。

秀尚原本外出購物多半都是買工作上會用到的自備菜刀，但他現在不太想要思考料理的事情。

「還有其他什麼事嗎……可以讓心情煥然一新的什麼……」

雖然這樣說，他也不知道該怎麼樣才能讓心情好轉。

心情無法好轉的最根本原因就是八木原。

要是沒有八木原，他肯定不會有這樣的心情。

沒錯，要是沒有八木原……

「……對了，去斬孽緣的寺廟吧。」

秀尚用近似觀光標語「對了，去京都吧」的感覺說完後，立刻拿起手機搜尋「京都 斬孽緣寺廟」。

雖然輸入斬孽緣「寺廟」，第一筆搜尋結果是「神社」，但閱讀裡面介紹的經驗談之後，似乎相當靈驗。

——這裡或許真的能斬斷孽緣啊。

從小到大，秀尚覺得求神拜佛一點也不可靠。

而秀尚也有自覺，他的精神狀況疲倦到想要攀住他認為一點也不可靠的東西。自覺的同時，他也不禁想嘲笑這樣的自己，竟然還替自己找藉口，不管是安撫人心還是怎麼樣，都比悶在家裡消沉要來得健康。

——順便去四處觀光吧。

因為想著「想去隨時都能去」，難得來到京都，他卻完全沒有去觀光。

搜尋到的神社附近，有幾個有名的神社、寺廟和觀光景點，可以盡情消磨時間。

要不然，休假這段時間全拿來巡禮神社、寺廟也不錯。

反正又不是有想做的事情而申請的休假。

秀尚大致決定休假中的預訂行程後，去洗了個晚了許多的澡後，做好了外出準備。

因為覺得無法睡回籠覺，所以他做好外出準備後，算好搭上首發電車的時間就走出公寓。

京都原本就是國內熱門觀光景點，原本就不少的外國觀光客近年變得更多了，每個觀光勝地都是人山人海。

因斬斷孽緣聞名的安井金比羅宮，白天時段似乎得要排上許久，但再怎麼樣，清晨時的神社還是很清靜。

神社內最顯眼的就是堂堂坐鎮腹地中，看起來像巨大毛茸物的斬孽緣結良緣岩石——正確來說那是個石碑。

乍看之下看不出哪裡是岩石，這是因為岩石表面貼滿了寫上願望、被稱為「形代」的符紙。

在符紙底下的巨石聽說長成繪馬的模樣，但因為毛茸茸的符紙遮掩，無法得知真實模樣。只不過，下方有個如隧道的洞穴，似乎是要鑽過去再鑽回來。

總之秀尚先到本殿參拜後，又去購買斬孽緣結良緣所需的符紙。

神社辦公室九點才開門，但這個符紙二十四小時隨時都能買，所以隨時都能祈願——這是秀尚從網路上得知的訊息。

要在符紙上寫想斬斷什麼孽緣、想結什麼良緣，秀尚很煩惱該怎麼寫。

雖然被認識的人看到的機率很低，但要是直寫名字，被看到時也會有問題吧。得要避免出現「加之原跑去求神想要斬斷和八木原的孽緣耶」這類謠言。

因此，秀尚寫上想要斬斷「對自己有害的人際關係」，想要與「對有益自己身心的事物」結緣。

之所以沒寫上想與「人際關係」結緣，是因為他總覺得不局限於人際關係，包含工作本身、場所等等的許多東西在內會比較好。

嗯，總之主要目的是要斬斷孽緣啦。

秀尚重看了手中寫好的符紙後，邊默唸願望邊來回爬過岩石下方，接著把符紙貼在岩石上。

如此一來，秀尚就達到目的了，接下來就要到徒步範圍可及的神社去走走看看。

「……這附近有清水寺和八坂神社啊……」

看著手機查出來的地圖，從現在所在地來看，兩者位於不同方向，秀尚稍微思考後就往八坂神社方向前進。

理由是常用的慣用語——「抱著從清水舞台一躍而下的決心」，秀尚一瞬間閃過自己到高十二公尺的清水寺本堂舞台上時，會不會出現不好的念頭。當然他完全沒那種打算，但總之先不去了。

到八坂神社參拜後，稍微到圓山公園走走，接著朝平安神宮前進。

到平安神宮參拜完後，回頭走到來時途中經過的超商買早餐，並借坐在外頭的椅子上吃早餐。

接著他再度拿出手機搜尋附近的神社或寺廟。

「南禪寺，如果搭公車可以到金閣寺……晴明神社？咦？安倍晴明嗎？」

一搜索，那確實是安倍晴明的神社。

想到小時候看完電影後常模仿著玩，頓時覺得好懷念。

「反正有時間，全部去逛逛吧……」

自言自語後，秀尚起身把早餐的外包裝丟進垃圾桶，接著邁開腳步。

聽見「興趣是到神社或寺廟參拜」、「蒐集朱印很流行」之類的，老實說秀尚完全不懂哪裡有趣。

只不過，參拜後雖然不覺得超級有趣，但神社建築的壯麗、庭院之美等等的，還是有許多地方值得一看。

還有，這些地方基本上還是「祈禱之處」，就算人多嘈雜，還是保有一定的安寧，能讓心情平靜下來。

——總覺得，不想要回家了。

感覺回家後就會變得沮喪。

正確來說，自己一個人待在家裡絕對會開始思考多餘的事情。

秀尚原本朝車站前進準備回家，又突然停下腳步。

——別回家了吧。

決定之後，到量販店購買換洗衣物和內衣褲，到網咖去。

這種時候就會覺得出社會真是太好了。

和學生時代不同，金錢方面多少寬裕些，而且單身獨居，也不需要思考有囉嗦擔心自己是不是離家出走的家人。

或許將來有一天會對這件事感到孤獨，但秀尚「不想被其他人看見自己沮喪的一面」的自尊心更強。

到網咖借了一個包廂，秀尚開始查詢京都的觀光景點，特別是神社以及寺廟。

「果然很多呢……」

搜索統整網站上列出來的每間神社和寺廟後，他把有興趣的地方列出來。

接著在網咖過一晚，隔天早上，秀尚朝查到的神社與寺廟出發。

在人潮聚集前先去知名的地點，接著前往稍微遠一點的神社。

那是個位於山上的神社，並非特別有名，也沒列在以觀光為主的統整網站上。只是昨天剛好在網咖看見一個喜歡巡禮神社、寺廟的人的部落格，突然很在意，反正有時間，所以決定要去看看。

搭電車再轉乘公車後抵達人煙稀少的登山道入口。

看到字跡幾乎快消失的木製指引看板，知道往上爬就可以抵達神社，但他也只知道這點。

——哎呀，往上爬就能看到吧。

秀尚朝登山道路前進。

這是一條寬度大約能供一台輕型汽車通過的道路，地面基本上有經過鋪砌，但也不知道是幾年前鋪的了，邊緣龜裂破碎，而且還凹凸不平。

鋪砌的路段也到中途中斷變成石子路，爬了二十分鐘左右才來到稍微寬敞的地方。

那邊有家小小的餐館。

看起來像是普通的兩層樓民宅建築，門口掛著「營業中」的牌子讓他鬆了一口氣。

部落格中也有提到這家店，所以秀尚一開始就決定，要是有營業的話，就要在這裡吃中餐，於是毫不猶豫地走進店裡。

小小的店裡，有兩桌需要脫鞋的榻榻米席位、三張一般桌子座位，吧檯也有五個位置。但店裡沒有顧客，大概年過七十歲，應該是老闆的男性和應該是他妻子的女性就坐在榻榻米上，看著掛在牆壁上的電視。

「啊～～歡迎光臨。」

看見秀尚進門，兩人站起身。

「……那個，有營業嗎？」

「有啦有啦，只是因為沒有客人，所以我們偷閒而已啦。」

老闆笑容親切地說著，走進廚房裡。這之間，老婆婆端著水和濕毛巾來到秀尚的桌旁。

「今天是平常日，所以只有烏龍麵和蕎麥麵，可以嗎？」

老婆婆滿臉笑容問。

「啊……好，那麼請給我烏龍麵……山菜烏龍麵。」

秀尚看著貼在牆上的菜單點餐。

「爺爺，山菜烏龍麵～～」

老婆婆朝廚房一喊，裡面傳來「好喔」的回應。

「你要去神社參拜啊？」

老婆婆滿臉笑容地問秀尚。

「啊……對。」

「關東人？」

應該是從語調聽出來的吧？秀尚點點頭。

「因為調職，現在在京都工作……今天是換休日。」

明明沒人問，卻刻意加上「換休日」，是因為雖然有許多休平常日的職業，但為了避免被深入追問而養出來的習慣。

「對不起喔，如果是週六或週日，顧客的人數比較多也會準備套餐，但平日來參拜的人不多。」

老婆婆的語調帶著歉意，卻也相當開朗。

「原來是這樣啊。」

「大概三年前，這邊還有神主常駐，但他過世了。」

據老婆婆所說，現在神社裡沒有常駐的神主，只有假日才會有從其他地方來的神主做祈禱。

因此，平日的參拜人數並不多。

這麼說來，那個部落格文章似乎是很久以前寫的了。

秀尚也是在不知道這家店是否還有營業的情況下前來。

「讓你久等了～～」

和老婆婆聊天時，老闆端著山菜烏龍麵過來。

「謝謝……看起來好好吃。」

擺滿山菜的烏龍麵，散發出高湯的美味香氣。

秀尚雙手合十說「我要開動了」之後，夾起烏龍麵放進口中。

雖然麵體是冷凍品，但一喝下飄散香氣的高湯，柴魚的味道瞬間在口中擴散。

「啊……高湯好好喝。」

「謝謝你，太好了。」

老闆說完後一笑，在與秀尚進門時相同的那處榻榻米坐下，秀尚這才發現老婆婆也不知何時已坐回榻榻米上看著秀尚微笑。

明明長得不像，他們兩人卻讓秀尚想起外公、外婆。

這次休假期間，回去一趟比較好吧。

秀尚邊想邊吃烏龍麵，突然視線一閃，發現了那張紙。

那上面寫著這家店只營業到月底。

「這家店要關了嗎？」

秀尚驚訝地問兩人。

「我們在這裡開店很久了，但年紀也大了嘛。」

老闆滿臉笑容地回答這個問題，老婆婆也同樣笑著點頭。

「這樣啊……太可惜了，這烏龍麵非常好吃耶……」

秀尚說完後，

「能聽到你這樣說是我們的榮幸。」

老闆「哈哈哈」笑著回應後又加上：

「覺得沒有遺憾了才關店，所以雖然有點寂寞，但我們可是神清氣爽得很呢。」

對此，老婆婆也和剛剛同樣點著頭。

他們這模樣又讓秀尚想起外公、外婆。

如果外公沒有突然病倒，他們兩人現在也還在店裡工作吧？

那種結束方法對外公來說是不是不幸呢？

秀尚雖然一直很在意，也沒開口問過。

總覺得那是個不能問出口的問題。

吃完烏龍麵，秀尚邊付錢邊說：

「關店之前我會再來一次，再來吃一次烏龍麵。」

「我們固定週四休息，除此之外隨時歡迎你來。」

老闆回答。老婆婆還是笑著點頭，找零給秀尚時，又確認似地問他：

「……你現在要去上面的神社，對吧？」

「對，我是這樣打算。」

「路上小心啊，感覺要變天了。」

老婆婆邊說邊看窗外。

確實比剛剛抵達時多雲，但感覺應該不需要擔心吧。

「不知道能不能撐到我下山啊……」

「難說耶，山上一變天速度就很快……別太勉強，覺得不行就快點下山啊。」

老闆也有點擔心地說。

「我知道了，我會的，謝謝款待。」

秀尚道謝後走出餐館。

走一段路後，道路往鬱鬱蒼蒼的樹林內延續。

空無一人的山路，除了偶爾聽見枝葉隨風擺動的聲音，以及鳥類拍動翅膀的聲音外，沒其他聲音。

在這等寧靜中默默前進二十分鐘左右時，他突然聽見水流動的「唰……」聲音。

還以為這附近有河川或瀑布，但他立刻發現並非如此。

雨滴落下來了。

明明鑽過枝葉縫隙雨才落下，雨量卻這麼大，由此可知是暴雨。

「哇……怎麼辦啊……」

部落格上寫著走到山頂附近的神社要將近一小時。

秀尚大概已經走完一半了。

要上去，還是要折返？

兩邊的距離差不多。

總之，往上走吧！

走到神社後應該有地方可以躲雨。

決定繼續前進後，秀尚再次邁開腳步。

但前進一段路後，他發現不太對勁。

大概因為下雨而出現霧氣，霧氣相當濃，幾乎連近在眼前的道路也看不見了。

「總之得快點……」

總之想快點走到神社的秀尚加快腳步，但大概是太著急看錯路標了，他不管怎麼樣都走不到神社。

不僅如此，路也越來越小條，發現時已經完全走進獸道中了。

「喔……這應該是真的糟糕了吧！」

秀尚不安到直接把自言自語說出口了。

急忙回頭走向來時路的秀尚，在因雨泥濘的路上腳底打滑，一轉眼就跌下斜坡。

下方草皮刷過他露在衣服外的手臂和臉。

轉了幾圈之後，斜面的角度趨緩，他的身體撞上樹木後終於停下來了。

「……啊……」

晚了幾秒，秀尚才交雜嘆息著喊出聲。

慢慢坐起身，小小吐一口氣後要站起來時，他的左腳腳踝傳來劇痛。

「痛……」

秀尚痛到立刻坐下。

看來似乎是滑倒時弄傷腳了。

「啊……真的糟糕了……」

看起來腳沒斷掉，但這連站也站不起來的劇痛，可沒辦法繼續走本來就帶給腿部負擔的山路啊。

「總之稍微休息一下……等不痛一點再走吧……」

只要不這麼痛了，應該稍微能動。

然後努力走回原來的路。

「話說回來，我現在人在哪啊……」

說「原來的路」，秀尚本來就是迷路走進獸道，他根本不知道自己人在哪裡。

而且霧仍舊很濃，自己所在地點的前方已經完全覆蓋了一片乳白色。

不僅如此，手機還沒訊號。

「總之……留存體力吧。」

著急也沒有用。

但是衣服被不停歇的雨水淋濕，秀尚知道自己的體溫不斷被奪走。

因為沒想到會發生這種事情，秀尚打扮輕鬆，根本沒任何準備。

背包裡頂多只有昨天換下的衣服和毛巾。

總之把毛巾拿出來，擦拭濕透的衣服後，他攤開毛巾披在身上，盡量別讓雨淋濕身體。

但他也知道這只是在安慰自己。

因為一條毛巾根本不可能擋住這場大雨。

「這個是認真糟糕的狀況吧……」

要是這樣不動，或許會直接失溫。

要是有人會發現就好，但正在休假的自己就算沒有回家，也不會有人發現的。

大概會發展成「放完假後還沒有回去上班，有人覺得奇怪才終於……」吧。

呃，要是那樣，應該也為時已晚了。

「我會就這樣死在這裡嗎……」

說出一個可預測的結果。

但秀尚沒什麼真實感。

不是因為「不覺得自己會死」，而是心裡總有「就這樣死掉也無所謂」的想法。

休假結束後，自己身邊的人際關係到底會變成怎麼樣？

只要沒辦法證明自己的食譜被偷，大家就會覺得秀尚只是亂找碴。

身邊的人到底是怎麼樣想自己的呢？

就秀尚的個性來說，他沒辦法裝作什麼事也沒發生。

就算早點讓他回東京，其他人遲早也會知道發生什麼事了。

一想到這個，感覺會出現很多麻煩、煩心的狀況。

我也不想讓別人顧慮我……但自己開口說明也不太對啊。

既然如此，那在這邊因為不可抗拒因素死掉會比較好吧？秀尚想著這些事，也微微發現自己的視野越來越狹窄。

他的眼皮越來越沉重。

也就是，他想睡了。

正確來說，或許不是因為想睡，而是因為難以保持清醒。
「別睡著，睡著就會死掉」，這是在山中遇難時的必說台詞啊……
秀尚事不關己般地想著這種事，也覺得這樣無所謂，便沒有抗拒地把自己交給襲擊而來的睡意。

三

有人碰他的臉，是小手的觸感和外人的氣息。

因為不想睜開眼睛，秀尚感受著這股氣息，徘徊在半夢半醒之間。

「喂……你們啊，這個是怎麼啦？」

聽見大人驚訝的叫聲，對此，天真的童稚聲音開心回應：

「撿到的～～」

「去田裡的時候撿到的。」

「撿到的……趁他醒來前，快點把他放回原本的地方！」

大人才以有點嚴厲的語氣回話，兩個孩子立刻交互激動地說著：

「不要！是我撿到的耶！」

「我們會好好照顧他啦……」

「我們會餵飯，也會帶他去散步啦！」

「拜託。」

看來，他們似乎是撿了什麼東西回來。秀尚邊想著「說散步大概是小狗吧」，意識也越來越清晰，最後慢慢睜開眼睛。

最先進入視線中的是地板，秀尚因此知道自己在什麼建築物中。下一個看到的，是大約三、四歲，有著明亮髮色的小孩背影。而在他們前面，站著髮色比孩子們更亮，或許該說髮色更淡的男人。他有著豔麗漂亮的臉蛋，身材纖細，不僅頭髮，就連膚色也偏白，是個給人弱質纖纖感覺的美男子。

但這三人的打扮，讓秀尚不停眨眼。

這是因為小孩和大人都有著與髮色相同顏色的漂亮狗耳朵，以及毛茸茸的尾巴。男人的尾巴不止一條，而是好多條，他算了一下總共有六條。

眨眼後，理解這不是幻覺的那一瞬間，他不禁驚呼：

「咦？」

——這什麼啊？

秀尚如此想著，而聽見他聲音的三人凝視著他，孩子們立刻大為開心地跑過來，一把抱住橫躺在地上的他。

「醒來了～～」

「人類醒來了～～」

秀尚只有滿心困惑，對此，六尾男人抱頭喊著：

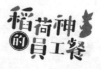

「啊啊啊啊啊，醒來了啦……」

一副表現出「絕望了！」的表情。

老實說，秀尚完全無法掌握狀況，總之就這樣躺著也不好，於是他決定先坐起身。

孩子們發現秀尚的動作後先輕輕離開，等到秀尚坐直身體後，又立刻緊緊黏在他身體兩側，滿臉笑容。

兩張臉蛋一模一樣，似乎是雙胞胎。

「那個……這裡是哪裡？是角色扮演大會還是什麼的休息室嗎？」

秀尚最後的記憶是在山裡。

腳底打滑跌落山坡，扭傷腳無法動彈。

接著他遭受睡意侵襲就這樣睡著了。這三人的打扮——光耳朵和尾巴已經不尋常了，但就連身上的衣服也不尋常。

感覺那很像學生時代在歷史課本上看到的，平安時代還是室町時代的衣服。男人穿的應該是叫「狩衣」，小孩穿的似乎是作務衣，就像幼名「牛若丸」的源義經身上衣服的簡易版。

就算小孩這樣穿沒問題，大人要是做這種打扮，只能推測他是因為興趣在玩角色扮演的人。

是山上有什麼攝影活動，碰巧發現我才幫助我的嗎？

秀尚積極努力做出符合現實的推論，解釋他們身上的耳朵、尾巴和服裝。

但男人對秀尚說：

「這裡是狹間（Awai）之地。」

「……淡路（Awaji）？島？」

我人應該在京都吧？淡路島不是在兵庫縣嗎？

正當秀尚在腦海中翻開模糊的地圖時，男人糾正秀尚：

「不對，是『Awai』，人界和神界之間的夾縫。」

啊，完全變身為角色人物的感覺？

曾經聽說關西地區連一般人也會和搞笑藝人一樣裝傻或是吐槽，他在這邊生活時也遇過類似狀況，所以可以理解。

但是，他稍微煩惱此時該如何應對。

這裡應該要吐槽嗎？

如果該吐槽，該怎麼說呢？就在秀尚煩惱時，

「有人類來了是真的嗎？」

從敞開的門，兩隻像幼犬……一般的動物走進房裡。

「嗯，是真的喔！」

「是人類喔！」

坐在秀尚兩旁的小孩回應著走進房裡的動物。

接著，兩隻動物興奮地看著秀尚，跳個不停。

「有人類耶！」

「好久沒看見人類了！」

看見這一幕，秀尚的腦袋浮現滿滿問號。

這些傢伙在說話耶。

會說話的動物。

老實說難以置信。

因為不可能，所以大概是動物型機器人還是什麼吧？

之前在新聞中看過，現在開發出給獨居老人用的，可以溝通的動物型機器人之類的東西。

新聞上那個更像機器人，但外表可愛的這個，應該更受歡迎吧？

在秀尚看著無比興奮地跳來跳去的兩隻動物，想著這些事情時，又有另一個大人進到房裡了。

那是個長髮及腰、髮色比孩子們更深的男人。明明知道他是男性，但也覺得他相當適合「嫻靜美人」這個形容詞。這位男性身穿普通和服，但還是有狗耳，以及有四條尾巴。

「你們別吵。」

男人語調平靜地斥責著吵鬧的兩隻動物，被罵的那兩隻，不知為何竟衝到秀尚背後躲起來。

而在秀尚兩側的小孩，開始對走進來的長髮男拜託：

「薄緋大人，我們撿到人類了。」

「我們會好好照顧他，請讓他待在這邊！」

但秀尚對此立刻回應：

「待在這裡？不，那個，我要回去了，請你們別費心了。」

秀尚想，應該是這些人救了自己，但只要告訴他這裡是哪裡，他就可以自己回家。但是，最一開始在房裡的男人雙手環胸，露出憂愁的神色：

「如果可以順利回去就好了……」

「什麼……？」

秀尚完全搞不清楚他為什麼會說出帶有回不去的含意的這句話。

雖然搞不清楚，不安卻因為男人這句話瞬間暴增。

奇妙打扮的人們。

身上的耳朵和尾巴彷彿真的一樣，偶爾還會動一下。也可能是寫入這類程式的小東西，但那份精妙非比尋常。

以及在他背後說話的動物型機器人，也跟真正的動物一樣。

這裡該不會是做秘密研究的研究室，我其實知道了什麼恐怖組織的真面目之類的吧？

就在秀尚推測無法回去的理由時，後面才進房間的長髮男說：

「我會詳細說明……可以請你稍等一下嗎？」

秀尚點點頭後，男人抱起躲在他身後的兩隻動物，帶出房間。

過一會兒回來後，他把房間門關上。

接著跪坐在秀尚前方。

另外一個男人則盤坐在他旁邊。

「陽炎閣下，你說明到哪裡了？」

長髮男人問。看來一開始在房裡的男人名叫「陽炎」，也或許是綽號之類的東西吧？

「我說了這裡是狹間之地，但他似乎無法理解，還在說明中。」

「那麼，就讓我重新說明起吧……首先，我名叫薄緋，這一位是陽炎閣下。」

「啊……你們好，我叫做加之原秀尚。」

秀尚自我介紹，向兩人點個頭。

「我是淺蔥！」

「萌黃。」

坐在兩側的小孩抬頭看著秀尚自我介紹。

閃閃發亮的米黃色眼睛，就日本人來說顏色太亮了。

或許頭髮也不是染的，而是他們原本的髮色。

也就是說，是混血兒之類的嗎？秀尚如此思考時，薄緋開始說明：

「狹間之地，就是處於你居住的人界，以及你們稱呼『神明』的存在所居住的世界之間。」

老實說，秀尚覺得充滿奇幻感，但又不是可以吐槽「少來了啦～～」的氣氛，秀尚等他繼續說。

「我和陽炎閣下是稻荷。」

「……稻荷？」

陽炎進一步說明秀尚的回問：

「你不知道嗎？該說是狐狸的神明嗎……」

聽到這，秀尚點點頭：

「啊，稻荷神？」

「是的，就是那個。雖然正確說起來，我們並非『神明』就是了……」

薄緋部分肯定。

但還是讓人難以置信。

他反而充滿自己被奇怪打扮的團體抓住，可能會被洗腦的危機感。

大概看穿秀尚心中想法，薄緋繼續說：

「我想你應該無法相信，但請讓我先全部說完。我們是稻荷，你身邊的淺蔥和萌黃，還有剛剛的小狐狸們，是有著將來可成為稻荷潛力的狐狸。這些小狐狸和一般狐狸的養育方法不同，因此我們才會在狹間之地的『萌芽之館』養育他們。」

「……這樣啊……」

不太能夠理解……正確來說是無法置信這段話的秀尚含糊回應道。對此，陽炎開口：

「也就是說，這裡不是你居住的世界，他們是稻荷候補生，我和薄緋閣下是稻荷。到這裡你能理解嗎？」

「要問能不能理解……如果把能不能相信先放到一邊去，我知道你們在說什麼。」

秀尚的回答讓陽炎笑了。

「這也是當然，我要是你也會說無法置信。但很可惜，這是現實。」

「這個狹間之地相當不安穩，偶爾會無法預期地與人界相連結，也會有人在那時不小心闖進來……」

薄緋繼續說明。

「那我也是不小心闖進來的嗎？」

聽到這個問題，陽炎和薄緋繃起一張臉。

「正確來說，應該是你剛好就在相連結的地方……」

薄緋說完後，淺蔥開口：

「那個啊，我們去田裡摘水果啊，然後你就出現在那邊了！」

「然後呢，還沒摘完水果就摘了個人類回來了。」

陽炎邊嘆氣邊說。這次輪到萌黃開口：

「因為他很濕啊……臉也好白，我們好擔心他會不會死掉……」

強調自己純粹為了救人。

「所以我們兩個靠在一起，超級努力要替人類溫暖身體喔！」

聽他這麼一說，秀尚回想起自己被雨淋濕，體溫不斷下降遭受睡意侵襲的事情。

「那個，謝謝你們救了我。」

秀尚道謝，摸摸淺蔥和萌黃的頭。淺蔥和萌黃開心地瞇細眼睛，背後的尾巴擺個不停，耳朵也稍微動了一下。

如果這是假的，程式技術也太高超了。

因為他還沒辦法相信稻荷等等的說明，所以又這樣想。

「那個，我真的很謝謝你們救了我……但可以的話，我想要盡早回家。」

秀尚想著，就算要繼續聽這不知是真是假的說明，也得先說出自己的意見，所以他看著陽炎和薄緋如此說。但陽炎有點為難地回應：

「也不是你想回去就能回去耶。」

薄緋也點點頭。

「這是什麼意思……」

「我不想讓你誤會，但如果可以輕易做到，我們也希望能盡早送你回去。只是你原本所處的世界，和這裡的時間流動方法看似相同卻完全不一樣。」

根據陽炎說明，其實想和「人類的世界」相連相當簡單，但如果要將座標對準秀尚原本所在的地點和時間就相當困難。

「該要來的人，也就是由我們邀請時，一開始就會固定座標，所以送對方回去也能使用固定的座標，但像你這樣碰巧來的就沒辦法。即使如此，如果趁著你還沒有這個世界的記憶，只要施法術把你丟回人界，你就會回到最後還有記憶的地方……但你已經醒來了啊。」

陽炎看著兩個小孩，「所以我才說快點把他送回原來的地方啊」，但兩人嘟起嘴，相當無法接受。

「我們只是救人而已耶。」

「因為我們很擔心他會死掉啊……」

「那麼，我沒有辦法回去嗎？」

總覺得很難將「原本的世界」說出口。

感覺只要說出口，就等於承認自己來到異世界。

就算實際上已經身處異世界，要說出口還是很令人恐懼。

「也不是絕對無法回去……如果去請位於神界本宮中，我們的長官白狐大人幫忙就能回去，但是……」

薄緋輕輕說著，但那是有口難言的語調。

陽炎也點點頭：

「沒錯，白狐大人能夠辦到，但要是讓那邊知道可不得了，所以我們希望可以盡可能秘密處理……」

「非常不好意思，我們會努力找方法送你回去，但可以請你在這裡待一陣子嗎？」

兩人說著。淺蔥和萌黃對此滿臉笑容地緊握秀尚的手說：

「那樣最好！」

「這樣做肯定是最好的方法。」

他們超級可愛到讓人不捨揮開手啊……

秀尚在心中嘆息，稍微思考了一會兒。

從他們說本宮的長官，還在名字後面加上「大人」，白狐應該是這兩人的上司，就公司來說應該是社長之類的人吧。

他可以理解發生什麼狀況時，會想要隱瞞上司自己解決。

總之，白狐這個人有辦法讓我回到原本的地方吧……？

要是他們真的無從解決，最後應該會去拜託那個人吧。

雖然不知道兩人所言真假，但不管怎麼樣，現在先答應會比較好吧。

「……我明白了，那暫時受你們照顧了。」

秀尚說完後，淺蔥和萌黃舉雙手歡呼：「太棒了～～」立刻又抓緊秀尚的手。

陽炎和薄緋露出鬆了一口氣的表情。

「那麼，決定你要暫留後，總之先把你的衣服處理一下吧。」

陽炎這句話讓秀尚重新看向自己的衣服。

雖然已經半乾了，他仍是滿身泥土。

「哇……真誇張。」

「雖然是我的衣物，我拿來給你換上，請你稍等一下。」

薄緋說完後走出房間，過一會兒後拿著作務衣走回來。

「時間匆忙，請先換這個。」

「謝謝你，請讓我借用。」

薄緋朝道謝的秀尚一笑後，看向淺蔥和萌黃：

「你們兩個，在他換衣服時先出去外面吧。」

「好。」

兩人完美和聲回答後，放開秀尚的手站起身。秀尚為了換衣服也打算起身，卻在施加體重的瞬間，左腳腳踝傳來劇痛。

「痛……」

因為他忘了腳扭傷而重壓，劇烈疼痛讓他不禁立刻縮成一團。

陽炎馬上走到痛苦呻吟的秀尚身邊，單膝跪地去看他的狀況。

「怎麼了?」

「……我忘記我的左腳扭傷了……」

秀尚說完後，陽炎說著：「讓我看一下」，不在乎會弄髒手，直接掀起秀尚的牛仔褲襬。

「還腫得真嚴重呢，你等等。」

陽炎確認傷勢後，豎起食指在空中畫了什麼之後把手壓在秀尚的腳踝上，接著唸了像是咒語的內容。

腳踝一瞬間閃過小刺痛。

「這樣應該沒事了，你站起來看看。」

在陽炎的催促下，秀尚戰戰兢兢起身，試著把體重壓在左腳上，卻發現一點也不痛。

「咦……真假，超厲害耶，不痛了！」

「這樣啊？太好了。」

「你剛剛那是氣功之類的技能嗎？」

明明腫成那樣，現在完全不痛也太不可思議了，陽炎對秀尚這感動的提問苦笑。

「氣功啊……我也算是稻荷啊，小傷或小病還能治好啦。」

「……原來是真的啊，真的是神明……」

聽到秀尚這樣說，陽炎嘆了一口氣。

「正確來說是神的使者，原來你根本不相信啊？」

「與其說不相信，倒不如說是半信半疑……總之，我理解我沒有辦法馬上回去，無法理解的部分就不去思考了。」

一聽之下，陽炎大笑。

「真是的……你的膽量意外地大耶。哎呀哎呀，我太中意你了。」

「喔……非常感謝你。」

姑且被神明——似乎不是神明，但從秀尚來看就是神明之類的人物——中意，似乎應該道個謝，但詭異感還真不是普通強烈。

話說回來，他們真的是神明嗎？

直至此刻，秀尚還沒辦法百分之百相信，但總之決定不去思考這點了。

「陽炎閣下，感覺這樣會打擾他換衣服，我們先出去吧。」

薄緋催促陽炎離開房間。

「啊，這麼說也是。」

陽炎說完後朝門口走去，薄緋則看著秀尚說：

「換好衣服之後，請你出房間，我們在外面等你。」

接著便和淺蔥、萌黃一起走出房間後關上門。

獨留房內的秀尚吐了一口氣，接著換上薄緋拿給他的作務衣。

四

「這邊是澡堂，小狐狸們基本上傍晚五點洗澡，因此到早上為止，你隨時都可以來用。」

秀尚對薄緋的說明點點頭。

換完衣服走出房間時，已經不見陽炎，他負責這個狹間之地的守衛工作，似乎是回去工作崗位了。

總之薄緋向他介紹館內的設施，讓他能自在一點生活，而秀尚的雙手則各牽著淺蔥和萌黃。

「大家會一起洗澡。」

「不可以游泳。」

淺蔥和萌黃也加以說明。

「嗯，我知道了。」

回應後，兩人開心地滿臉笑容。

「淺蔥常常游泳，然後被罵！」

加上這句話的是參觀途中跑過來的其他孩子──或許說是小狐狸比較好吧──的其中一人。

跑過來的孩子們也有耳朵和尾巴，其中有三隻仍是小狐狸的模樣，兩隻應該是剛剛跑進房裡的小狐狸吧。老實說，秀尚無法分辨小狐狸的不同，所以也不太清楚。

和吵吵鬧鬧的小狐狸們一起參觀完館內後，薄緋最後帶他到一間四坪大的房間。

「你暫留這裡的期間，請使用這間房間，棉被收在那邊的壁櫥裡。」

聽完薄緋說明，秀尚正想要道謝時，萌黃眼泛淚光詢問：

「不是和我們睡同一個房間嗎？」

淺蔥也跟著抗議：

「我想要一直在一起啦～～！」

其他小狐狸們也跟著大聲說「想要在一起～～！」薄緋則拍響手輕聲告誡他們：

「不可以。加之原閣下可不是你們的陪玩對象。」

明明口氣毫不嚴厲，小狐狸們即使露出不滿的表情，也異口同聲說「好啦～～」，但在這之中，仍是狐狸模樣的小狐狸問薄緋：

「……偶爾，可以來唸故事書給我們聽嗎？」

「如果是加之原閣下有空的時間……這樣方便嗎？」

薄緋的視線轉到秀尚身上問。

「啊，好啊。」

一聽見秀尚的回答，孩子們再度歡呼叫著「太棒了！」

薄緋拍手要大家安靜，大家滿臉笑容安靜下來後，

「已經晚了，明天再帶你參觀外頭。我把你換下來的衣服和小孩子們的衣服一起拿去洗衣房洗。」

薄緋邊說，手上拿著秀尚滿是泥巴的衣服，把秀尚的背包放在榻榻米上。

薄緋看見秀尚一走出房間，淺蔥和萌黃很想和他牽手的樣子，便伸手替秀尚拿行李。

「洗衣服……啊，那我可以再麻煩你另一套嗎？」

秀尚想起放在背包中的T恤問薄緋。

「沒有問題。」

邊說「謝謝」向薄緋道謝，邊從背包中拿出待洗衣物時，秀尚的肚子響起飢餓的咕嚕聲。

「……哎呀。」

聲音相當響亮，大概連薄緋也聽見了，簡而言之就是被發現了。

「不好意思……那個，這邊可以吃飯之類的嗎？」

雖然覺得很厚臉皮，但不吃飯會餓死，所以還是開口問了。

問完後，薄緋露出有點為難的表情。

「這裡的孩子們大多都需要飲食，所以我們會準備，但這裡沒有能煮食東西的人。」

秀尚聽到「會準備」鬆了一口氣，但也聽見有點在意的事情。

「大多都需要飲食……也有不需要吃東西的孩子嗎？」

「是的。我也是這樣，淺蔥和萌黃等人也只需要給他們『氣』就好了。」

「氣？」

秀尚能理解他的說明，但不知道「氣」是指什麼。

「這個嘛……簡單來說就是靈氣或是生氣之類的東西吧。將它想成是仙人吃的霞靄之類的東西就可以了。」

「這樣啊……感覺好像了解了……」

實際上完全無法理解，但要是卡在這邊只會讓說明越變越長，所以秀尚裝出稍微理解的樣子。

「我是稻荷，如果由我來做菜就會染上『神氣』，對能力尚未覺醒的孩子來說，雖然不至於是毒，但也不太好。所以我們會買來人界已經煮熟或是加熱就可以吃的東西，除此之外還有田裡採收的生菜。如果這些你不介意的話……」

薄緋相當不好意思說著，秀尚提議：

「那個，那可以讓我來煮嗎？」

雖然曾想著「不想思考料理的事情」，但「吃」是生命所需。雖然也可以向他們要即食食品來吃，但即使是簡單的東西也好，秀尚想要自己煮來吃。

「你嗎？」

「是的，我是廚師，在飯店的廚房裡工作，所以基本料理都會做……」

秀尚話都還沒說完，看似冷靜、不太有情緒起伏的薄緋就連忙回問：

「真的嗎？」

「啊，是的。」

「……可以麻煩你連孩子們的份一起煮嗎？」

薄緋相當認真提問，這似乎是個相當困擾他的事項。

「可、可以，這是沒問題，但那個，這幾個孩子是要煮動物用的嗎？要比平常人類吃的還要清淡之類的比較好嗎？」

秀尚指著仍是狐狸模樣的孩子們問。

「不，這些孩子雖然還沒辦法變身為人，但他們不是普通狐狸，和人類吃相同食物也沒有問題。」

「我明白了。還有，這些孩子似乎將來會成為神明的候補人選，那要避開魚肉之類的食物嗎？要吃素或是維根主義之類的比較好嗎？」

「不，不管是魚還是肉，我們都會讓他們吃。」

聽到薄緋這樣說，

「我喜歡漢堡排！」

「我也喜歡炸豬排蓋飯。」

淺蔥和萌黃說出自己喜歡的食物後，其他孩子與小狐狸也紛紛說出「三明治！」「布丁！」一發不可收拾。

薄緋再度拍手要大家安靜下來後，秀尚拜託薄緋帶他去看現在有什麼食材、道具，便在薄緋的帶領下到了廚房。

廚房裡面有即食米飯、隔水加熱就能吃的東西、加熱水就能喝的沖泡味噌湯等等，以不需要調理的東西為主。

另外，雖然有鹽巴、砂糖、醬油等基本調味料，但除此之外只有幾個明顯是便當附贈的小包美乃滋和醬汁而已。

另外還有新鮮的番茄與小黃瓜。

秀尚看著這些食材，以及沒什麼使用痕跡，但基本上還是準備一套的菜刀、平底鍋與湯鍋等調理道具一會兒，在腦袋中思考能做些什麼。

幸好這裡有類似瓦斯爐的東西，似乎可以正常做料理。當然這和普通的瓦斯爐不同，爐架下方，瓦斯爐原本出火的地方放著炭。一問用法，似乎是在要用的爐架上拍兩下手，就能透過灶神的力量自己點火，秀尚試著拍看看，木炭不到幾秒就燒得火紅。

「好厲害喔。」

薄緋告訴驚嘆的秀尚，想要調節火力時只需要對爐子說一聲就好。

「那麼，可以讓我稍微煮個東西嗎？」

秀尚得到薄緋的許可後，伸手拿食材。

把小黃瓜撒上鹽，在砧板上滾幾下，放置一段時間後切成不規則塊狀。

從即食食品中選擇肉丸子，把肉和醬汁分開。

在醬汁中加入美乃滋攪拌，接著把隨意切塊的番茄炒一下之後，與這個醬汁攪拌。

肉呢，則用沖泡味噌湯的味噌加砂糖混合，再加入用水稀釋的醬汁重新調味後炒肉丸子。

「總之……就先這樣吧。」

因為調味料和食材的選擇有限，他無法說滿意，只能做出超簡單食物，但秀尚也想開了，再怎麼樣都比直接把即食料理端上桌好。

為了不讓孩子們打擾秀尚做菜，薄緋中途讓孩子們拿自己的餐具到廚房另一頭的餐廳去。孩子們從隨隨便便就超過六坪的和式房間拉門旁，充滿興趣地看著這邊。

把完成的料理端進餐廳後，孩子們紛紛驚嘆，眼睛閃閃發亮地圍在桌子旁：

「好厲害喔～～！」

「聞起來就好好吃……」

為了讓還不會變身的小狐狸也能輕鬆食用，秀尚替他們把所有食物擺在同一個盤子中，大家一起說「我要開動了」之後一起吃，孩子們狼吞虎嚥的氣勢相當驚人。

「番茄好好吃！」

「真的耶，超級好吃耶！」

「肉丸子也很好吃呢！」

對秀尚來說，先不說味道，「只能做出簡單東西」的心情相當強烈，但分給每個人的加熱白飯以飛快的速度減少。

似乎不需要進食的薄緋原本沒做用餐準備，但被孩子們的模樣嚇到，說著「不好意思」，向離他最近的孩子借筷子，吃了一口菜餚後睜大眼睛。

「……用那一點材料，竟然能做出如此美味的食物……」

「薄緋大人，是不是很好吃！」

借筷子給他的孩子尋求認同般地滿臉笑容問，薄緋點點頭。

被誇獎是很開心，但對秀尚來說只是勉強可以端上檯面而已，總覺得相當不好意思。

「那個，準備食材之類的，可以麻煩你們到什麼程度呢？」

雖然不知道會待多久，但如果要在這邊做菜，秀尚希望起碼有最低限度的調味料，也需要知道他們能準備哪些食材，所以開口問。

「什麼程度是指？」

「這裡似乎有農田，我想知道現在能收成什麼，可以準備哪些調味料之類的……還有，如果有白米的話，還可以做炊飯之類的東西。」

「這邊的農田和人界的農田不同，當季作物只要播種後三天就能收成，非當季的作物以及米、麥或許要花上一週。現在只有種植摘取後就能吃的作物。」

聽完薄緋說明後，秀尚心想「還真像遊戲裡的農田耶」。

「調味料等等的東西，向本宮的廚房說一聲，應該可以從那邊拿過來。米、麥到能收成前也可以從本宮拿……可以請你寫下需要的東西嗎？連本宮廚房也沒有的東西，可以拜託到人界的稻荷買回來……」

秀尚點點頭後，再度舉筷用餐。

吃完飯後，孩子們在薄緋一聲令下後回去兒童房。平常是在吃晚餐前洗澡的，但孩子們因為秀尚的到來興奮過頭，今天全都還沒洗澡。

他們現在才要去洗澡。

不管是單純因為可能溺水，還是因為又有小孩會作怪，只讓孩子自己洗澡都是件危險的事情，所以薄緋要跟著去監督孩子。

獨留秀尚整理廚房，但才過十五分鐘，薄緋就回來了。

「咦？大家都洗完澡了嗎？」

有個詞叫「戰鬥澡」，因為今天的洗澡時間似乎比平常晚，想到該不會因此急著洗完吧？這讓秀尚很過意不去。

但薄緋搖搖頭：

「不，有其他稻荷來傳達聯絡事項，所以我就交給他了。」

說完後，薄緋拿起帶子迅速把和服袖子綁起來，來到秀尚身邊幫忙整理。

「你是回來幫我整理的嗎？」

秀尚驚訝一問，薄緋一副理所當然的表情點頭：

「是這樣沒錯，有什麼問題嗎？」

「沒有……謝謝你特地回來。」

「我才得要向你道謝。最近不常看見他們那麼開心地吃飯……一開始大家都很新奇地吃著啊……」

「啊～～……市面上賣的東西，不管怎麼做，只要常吃就會覺得味道都一樣。

說口味穩定也沒錯，但很容易膩。」

不知從何時開始，連速食也開始覺得要偶爾吃才好吃了。

而那個「偶爾」都是「想吃得不得了」的感覺，所以總覺得相當不可思議。

「接下來的三餐真讓人期待呢，我的份也可以麻煩你嗎？」

「啊，好，完全……沒有問題啦，但我記得你說你不吃飯也沒有關係耶。」

因為今天也沒有準備，秀尚以為他不需要吃。

「是的，基本上不飲食也不會有任何問題……但我擔負著照料孩子的責任，需要和他們吃相同的東西。」

「啊啊，原來是這樣。」

秀尚都要接受這個理由了，

「這只是藉口，單純是因為你的料理相當好吃。」

薄緋表情不變，泰若自然地說出這句話。

「這樣啊……謝謝你的誇獎。」

秀尚說完後，過了一會兒才開口問：

「在這裡的孩子們，大家將來都會變成稲荷嗎？」

像淺蔥和萌黃一樣有變身成人形能力的孩子，將來應該會成為稲荷吧！但仍是狐狸模樣的孩子們會怎麼樣啊？秀尚有點疑惑。

「不是全部，就算不怎麼確定是否有能力，只要有可能性，以及他們身邊沒有能負責指導的稻荷，就會讓他們住進這裡。也有人就算現在有潛力，也可能突然急轉直下……」

「淺蔥和萌黃也可能那樣嗎？」

「不，他們已經確定有成為稻荷的能力了，只是現在還太小無法送進本宮的培育所，所以才留在這邊。」

大概因為兩人是他一開始遇見的孩子，秀尚聽到這句話後鬆了一口氣。

「如果能力中途消失，或是沒辦法成為稻荷，他們該怎麼辦？」

對淺蔥和萌黃鬆了一口氣的同時，他也擔心起無法成為稻荷的小狐狸們的未來。

「會讓他們回人界的故鄉。但他們和普通狐狸不同，能輕易理解人類的語言與行為，所以大多都會成為故鄉狐群的首領，如果附近有稻荷神社，也有人會在那位稻荷的身邊生活。不管怎麼樣，都是會與這邊有過緣分的人，有機會時也會關心一下。」

秀尚聽完說明後放心了。

明明剛剛才認識，看見他們一臉美味地吃自己做的東西，就感覺在意起來。

「這樣啊，太好了。」

回答後，秀尚再度動起不知何時停下整理的手。

多虧有薄緋幫忙，比預期的還早整理完，在那之後，薄緋去確認應該洗完澡的孩子們有沒有做好睡覺準備。
秀尚向他借來書寫用具，列好想要的物品清單後回房。
廚房、餐廳以及走廊都有燈光，但房裡只有燈籠。
大概是薄緋幫忙點亮的吧，燈籠裡的燭火已點燃。
秀尚把棉被從壁櫥裡拉出來鋪好，坐在上面。
接著，感覺疲倦感突然一口氣湧上來。
體力上應該多少有點疲倦，但精神上似乎相當疲憊。
「這也是、當然的吧……」
被雨淋濕消磨體力，醒來後出現在搞不清楚狀況的地方，又被一群莫名其妙的人包圍。
──雖然似乎不是人啦……
包含配合他們的意思，所以秀尚是以稻荷神為前提說話，但其實他還有點無法置信。
雖然不覺得他們在說謊，卻就是沒什麼真實感，或許更接近於大腦拒絕接受跟相信吧。
「哎呀，算了……」
找個「再怎麼思考也沒用」這最光明正大的藉口，秀尚立刻停止思考，在棉被上躺下。

秀尚原本打算休息一下再去洗澡，卻在不知不覺中睡著了。

＊

隔天，秀尚過了早晨五點就起床。

只要排給他的飯店班表，不是提供客房服務的深夜時段這類工作到非常晚的時候，秀尚會注意讓自己固定睡覺時間，因此他就在平常起床的時間醒來了。

「手機電量已經剩不多了啊……」

拿起手機確認時間，電量已經只剩三成左右了。

雖然有帶充電線，但這邊似乎沒有插頭，所以大概無法充電吧？

哎呀，就算能充電，手機已經顯示無訊號，也沒辦法用。

秀尚把手機收進背包裡，到廚房準備做早餐。

昨晚列出來的調味料與食材，大多都擺在廚房流理檯上了。

旁邊還附上一封信，上面寫著，因為不知道生魚和生肉這類食材什麼時候會用到，所以沒有準備，只要事前說一聲就能趕在秀尚要處理前送過來。

「就算現在送過來，只要冰進……」

還沒說完，秀尚環視廚房後才發現。

這裡沒有冰箱之類的東西。

「……這也是啦，房間裡的照明還是燈籠耶……」

莫名認同後，秀尚確認起本宮準備的味噌的味道。

「哇噻，這味噌超棒。」

其他東西也全是高級品，秀尚不禁佩服，真不愧是負責神明飲食的地方。

佩服的同時，也發現自己自然地把他們當成「神明」看待了。

——昨晚明明還半信半疑的耶……

有人說人類是習慣的動物，秀尚想著「還真是如此」，著手準備做早餐。

大約過了一小時，聽見「喀拉喀拉」拉開廚房門的聲音，轉頭一看是淺蔥和萌黃。

「啊，早安。」

打招呼後，

「早安。」

兩人相當有禮地鞠躬道早，接著「咚咚咚」跑到秀尚身邊。

「味道好香喔！」

「聞到好香的味道就醒過來了。」

兩張充滿好奇的臉抬頭往上看。

看見他們興奮期待的樣子，秀尚把切好的高湯煎蛋捲的兩端拿給他們試吃，兩人一吃瞪大眼睛，立刻說出感想：

「好好吃！」

「好好吃喔！」

這讓秀尚重新體認，聽見他人說自己做的東西「好吃」果然很令人開心。

「這樣啊，太好了。你們平常都幾點吃早餐？」

「那個啊，短短的針走到七那邊，長長的針走到最上面的時候。」

淺蔥充滿活力地回答。

「七點啊……那還有將近一小時。」

牆壁上的時鐘即將走到六點十分。

秀尚一開始想，就算早點吃飯也是六點半左右，所以還有充裕的時間。

「好想要快一點吃～～」

「好想吃。」

兩個人可愛地拜託著，對此秀尚笑道：

「不可以，早餐要大家一起吃，而且你們去刷牙洗臉了嗎？」

說不行的同時，也問他們起床該做的事做完沒，兩人接著露出「啊！」的表情。

「看吧，快點去。然後回房間等到時間到了再下來。」

兩人心不甘情不願地說好之後離開廚房，再度剩自己一個人的秀尚思考時間分配，然後開始做其他配菜。

早餐時段，餐桌上擺著高湯煎蛋捲、海帶芽味噌湯、味醂剝皮魚乾、燉煮南瓜，是很簡單的日式早餐。

但是走進餐廳裡的孩子們依序驚呼。

「好棒喔～～！」

「桌上有大餐耶～～～！」

「太誇張、太誇張了。」

在這期間，秀尚邊端來自己和薄緋的味噌湯邊說。但薄緋聽到後說：

「不……非常感謝你煮這頓豐盛的早餐。」

說完後對孩子們說：

「那麼，雙手合十。」

聽見薄緋一說，吵吵鬧鬧的孩子們立刻坐定位，慌慌張張合掌。

接著異口同聲說「我要開動了」後，開始吃早餐。

正如預想，最受歡迎的是高湯煎蛋捲，但他們把每道料理都吃得一乾二淨。

「嗳嗳，午餐要吃什麼？」

搶到秀尚身邊位置的淺蔥眼睛閃閃發亮地問。

「你才剛吃完早餐耶，已經在說午餐了啊？」

邊笑邊回應後，淺蔥身邊的萌黃接著說：

「早餐非常好吃，所以也好期待午餐。」

他的眼睛也是閃閃發亮。

「這樣啊，很好吃啊？」

直率的感想讓秀尚很開心，他伸手摸摸萌黃的頭。萌黃開心地瞇起眼睛，尾巴搖個不停。

此時，有一隻小狐狸走到秀尚身邊，左右搖擺尾巴，頭抵在秀尚的腰附近。

「喔～～怎麼啦？」

秀尚停下摸萌黃腦袋的手，去摸小狐狸的頭，小狐狸抬起頭「啾」地叫了一聲。

「那個啊，小壽也說早餐很好吃喔！」

淺蔥幫忙翻譯。

「這孩子叫小壽啊？謝謝你喔。」

秀尚邊道謝邊摸他的頭，薄緋進一步說明：

「真正的名字是壽壽，他還沒辦法變形也還不會說話，但完全理解我們說的話。」

昨天跑進房裡的兩隻狐狸都會說話，所以看起來壽壽是候補生中年紀最小的。

——希望這孩子也能成為優秀的稻荷。

昨天聽完薄緋說明，秀尚知道就算沒有成為稻荷的能力也不會變得不幸，而且也不能保證成為稻荷就是幸福，但即使如此還是希望他可以成為稻荷。

「那麼，大家都吃完了就說『我吃飽了』吧，壽壽在這邊說就好了。」

薄緋阻止急著想回自己位置的壽壽，接著大家一起說「我吃飽了」後，結束了早餐。

每個孩子都有自己的工作，但那之外基本上都是自由時間，所以他們就回去兒童房了。

正確來說，每個人都想和秀尚玩，但秀尚要整理廚房還要做午餐的準備，所以薄緋半強迫孩子們回兒童房。

早餐之後，薄緋和昨晚一樣幫忙洗碗，並告訴秀尚清單上還沒準備好的食材，現在正拜託到人界工作的稻荷幫忙買回來。

「本宮的廚房只會做日式料理……所以很多東西沒辦法準備。」

薄緋如此表示。

「啊，那這邊也以日式料理為主比較好嗎？咖哩、義大利麵之類的小孩應該會喜歡，我還想說找機會要做。」

昨天有孩子說喜歡漢堡排，所以秀尚以為西式料理也沒問題，或許是因為侷限日式料理會讓能選擇的即食料理種類變少才許可的，本來可能不太希望給孩子吃西式料理吧。

「不，只是廚房不煮而已，外出的稻荷即使不需要飲食也會去吃喜歡的東西，還有待在本宮裡的稻荷會拜託其他人買時下流行的東西回來……」

秀尚邊說「這樣啊」回應薄緋的說明，但又「嗯？」地突然發現疑問。

他不知道不需要飲食的稻荷為什麼需要「廚房」。

一問之下才知道，因為不需要填飽肚子的「飲食」，所以不是每個稻荷都會吃東西，但有客人來訪時需要款待客人，吃當季的食物也能提升活力，最重要的是，每天都需要「潤澤」。

「雖然不需要飲食，還是很多人喜歡吃東西啦……」

薄緋微笑說著。

「啊，確實如此，雖然從營養來看沒什麼意義，但看到裝飾得很漂亮的蛋糕會讓人很興奮呢……」

不需要和想做是兩回事，他總覺得能懂。

「我和孩子們一樣，也很期待午餐。」

說完後，薄緋收拾最後洗好的餐具走出廚房，秀尚邊確認本宮幫忙準備的食材，邊思考午餐的菜單。

「洋蔥比起直接炸……加麵糊下去炸比較好吧？然後加個味噌湯……乾脆做炸蔬菜蓋飯好了……」

正當秀尚「嗯～～」地煩惱之時，廚房的門打開了。

走進來的是淺蔥和萌黃。

「人類，我們現在要去田裡。」

「要不要一起去？」

「你們要去玩嗎？」

想好午餐菜單之後也可以陪他們玩，但秀尚還在猶豫，所以有點為難。

「不是，我們要去摘蔬菜。」

「薄緋大人要我們來找人類一起去。」

「啊啊，這樣啊……知道田裡有什麼蔬菜，就能用在料理上。好，一起去吧。」

答應後，淺蔥和萌黃高興地跑過來牽起秀尚的手。

三人就這樣一起到田裡去，對秀尚來說是第一次離開萌芽之館。

昨天時間太晚，薄緋也對他說今天再帶他參觀外面。

「哇～～感覺好厲害啊。」

館外氣候和秀尚居住的人界同為夏末時節，還留有夏日的炎熱，但沿著田邊道路盛開的花朵、樹上果實全部無關乎季節。

「只要用田裡的土來種東西，馬上就會長大喔。」

淺蔥很得意地說。

「這樣啊……感覺很多東西可以拿來做點心。」

——蘋果可以做派，桃子與其加工，不如直接吃……柿子可以加醋做成涼拌。

看見食材的瞬間就會開始想各式各樣的料理，這就是廚師的本性。

秀尚邊想，邊任由兩人拉著走抵農田。

「這裡就是田地啊……」

比想像中寬敞，但只有一小部分有種作物，而且是小黃瓜、番茄、草莓、西瓜這類摘了立刻能吃的作物。

秀尚這才想起薄緋說過因為他不能做菜，所以只能種這類作物。

「昨天啊，我們來摘晚餐要用的甜點時發現人類的。」

淺蔥一說，萌黃點點頭接著說下去：

「剛看到的時候，還以為你死掉了，但是你還在呼吸，所以我和淺蔥趕快把你帶回去。」

「這樣啊，真虧你們兩個可以把我搬回館內呢。」

還以為他們年紀雖小，也是有成為稻荷的能力，大概會什麼法術吧，但淺蔥很驕傲地從懷中拿出一張符紙。

「用這個！」

「這是什麼？」

書籤大小的和紙上，畫著圖樣與一手好字寫著什麼，但字太漂亮了，秀尚完全看不懂。

「摘很多蔬菜，籃子很重拿不動的時候，只要把這個貼在籃子上，就會變輕。」

萌黃說明。

「我們昨天就是用這個搬人類的！」

淺蔥仍然相當驕傲，但總之解開謎團了。

「這樣啊，真的很謝謝你們兩個救了我。」

秀尚毫不吝嗇地撫摸兩人的頭，兩人開心地露出滿臉笑容。

當然，不知道來到這裡之後的自己將來會怎麼樣，也不確定是否能回去。

即使如此，想到要是兩人不救他，他或許已經死了，這樣活著大概就是幸運了吧！

「欸，那邊接下來打算種什麼嗎？」

秀尚指著什麼也沒種的田地問，淺蔥和萌黃歪著頭：

「沒有，薄緋大人什麼也沒說。」

「人類，你想要種什麼嗎？」

「這個嘛，菠菜、白菜或是高麗菜之類的，要是有這些葉菜類，就可以用來做許多料理。只要拜託他們，就可以買來這些種子嗎？」

雖然不知道自己會待到什麼時候，但高麗菜和白菜只要稍微用鹽搓揉，或是使用調味料，就可以做成立刻可以吃的漬菜，若是自己離開後，小狐狸們也能自己做這種簡單料理吧？

「只要和薄緋大人說，他就會準備喔。」

「那晚一點再拜託他……那麼，就拜託你們兩個摘取今天要用的東西吧。」

秀尚說完後，兩人點點頭。

「好！」

「人類，那我們要摘什麼好？」

萌黃問完後，秀尚露出苦笑。

「這裡似乎只有我一個人類，叫我『人類』是沒有錯啦，但我希望你們可以叫我的名字耶。」

「名字……那個……」

萌黃為難地歪過頭，秀尚只說過一次自己的名字，孩子們記不住也是無可厚非。

「我叫加之原秀尚。」

「加之原又向！」

淺蔥自信滿滿重複，但他沒正確發音。

「是秀尚。」

「又尚！」

這次換萌黃重複，但差一點點。

淺蔥和萌黃努力好幾次想正確唸出「秀尚」，但似乎沒辦法，

「……可以喊你加之哥哥嗎？」

結果似乎決定要縮減姓氏來喊了。

「總覺得有點像女生的名字，但如果這樣比較好喊，就這樣喊吧。」

秀尚說完後，兩人重複喊著「加之哥哥、加之哥哥」。

「嗯，就這樣喊。那麼，先各摘七個番茄和小黃瓜……」

告訴他們需要哪些東西後，兩人精神充沛地分別回應「好」、「我明白了」。

「那麼，就拜託你們囉。」

對幹勁滿滿幫忙做事的兩人說完後，秀尚走回萌芽之館。

走到館前，正好遇見陽炎從裡面出來。

「唷，看你挺有精神的。」

對從高他幾台階之處輕鬆地向他打招呼的陽炎點點頭，他簡單回應「託你的

福」。

「該說你出乎意外地冷靜嗎？似乎也沒什麼混亂呢，真的是大膽的人啊……」

走下樓梯的陽炎看著秀尚說。

「如果是感覺到生命威脅的地方又不同了……但這邊沒有那種感覺。」

「哈哈，所以說這就是膽量大啦。短時間內可能會過得不太方便，但我們正努力思考平安送你回原本地點的方法，請你等等。」

「好，麻煩你們了。」

秀尚輕輕點頭，走上樓梯打算走回館內，此時陽炎喊住他說：

「喔，進館前要先兩鞠躬、兩拍手、一鞠躬。」

「啊……這樣啊，我不知道，真是不好意思。」

秀尚想著，如果是這裡的規矩就得遵守，於是照陽炎所說的兩鞠躬、兩拍手後再一鞠躬。

「沒錯、沒錯，那麼改天見啦。」

陽炎說完後往農田方向走去。

秀尚目送他離開後，走進館內。

午餐的炸蔬菜蓋飯廣受好評，原本還想著他們可能吃膩番茄了，但是他們也把作為甜點的糖漬番茄瞬間掃空。

午餐結束告一段落後，接下來開始準備晚餐。

找薄緋商量想種植的各種蔬菜後，薄緋說會幫忙安排，種子應該明天就能送達。

在那之前應該只能向本宮廚房索要，或是請到人界的稻荷幫忙買回來。

「我拜託他們準備晚餐用的豬肉……什麼時候會送達啊？」

再晚一點也能趕上晚餐，但不知道是不是真的會送到。

——應該不會忘記吧……？

因為想用豬肉做主菜，如果被忘掉，那晚餐會顯得有點單薄。

——再等一下，等到要來不及做準備了，再拜託薄緋先生請他們趕上吧。

秀尚邊想，邊先著手準備其他料理，過了一會兒後，傳來廚房門被打開的聲音。

秀尚想著大概又是淺蔥和萌黃跑來玩，視線一轉過去，卻看見一位沒見過的成人稻荷。

深褐色頭髮與同色系的耳朵、尾巴，尾巴一數有六條，他和陽炎、薄緋不同，是有著雅致美豔感氛圍的美男子。

他一看見秀尚，立刻友善地問他：

「昨天到這裡的人，是你沒錯吧？」

「啊，對，是我。」

「這個，是從本宮那拿來的，豬肉和牛奶……還有調味料和其他東西。」

他輕輕舉高手中的布包表示後，帶著爽朗的笑容走近。

「不好意思，謝謝你。」

秀尚邊道謝邊收下。

「不用謝，我有事到這邊來，所以順便拿過來而已。」

他說完後，開始自我介紹：

「我叫冬雪，和陽炎閣下相同，負責這邊的守衛工作。差不多要到交接的時間了。」

「啊，我叫加之原秀尚。」

秀尚慌慌張張地自我介紹，向他點頭致意。

「加之原啊，我聽說你在這邊開始煮菜，你現在要做什麼啊？」

冬雪充滿興趣地看著正在處理的食材，問他。

「這個，我打算要煮濃湯……」

秀尚打算煮奶油煎豬肉後淋上橙醬，然後搭配濃湯，原本如果拜託的豬肉和牛奶沒有及時送到，就只能做成燉煮料理，所以真的幫了大忙了。

「濃湯啊……我記得有非常多種類吧？我之前到人界時吃過馬賽……什麼東西的，那很好吃呢。」

「是馬賽魚湯嗎？海鮮類的。」

與其說是濃湯，更應該分類在湯品或是火鍋料理之類的吧？但秀尚決定不吐槽。

「對，就是那個！那個好好吃，我想說下一次到那附近去要再吃，結果店倒了。我去別家店吃了才回來，但味道完全不一樣……」

冬雪唸著「好想要再吃一次啊」時，薄緋走進廚房來：

「冬雪閣下，你來了啊。」

「是啊，薄緋閣下，我剛剛才到，才剛把從本宮拿來的食材交給他而已。」

「這樣啊……」

「然後，關於前一陣子的報告書，我們能稍微談一下嗎？」

冬雪說完後薄緋點點頭，「那麼，請到這邊來。」帶著冬雪走出廚房。

秀尚目送兩人離去後，

——稻荷該不會全部都是帥哥吧……？

他回想起剛剛見到的冬雪以及薄緋、陽炎的容貌。

不只是那三人，孩子們也都非常可愛啊！

「那麼，我就努力填飽這些可愛孩子們的肚子吧。」

秀尚低語後，又開始準備晚餐。

一天的工作全部結束，洗完澡回到房間後，疲倦突然一口氣湧上來。
但這是很舒服的疲倦。
孩子們全都很可愛，不管煮什麼，他們都說好吃而且開心吃完。
晚餐端上桌的奶油煎豬肉和奶油濃湯也全部吃光光，特別是奶油濃湯有多煮一點，問有沒有人要再來一碗時，包含薄緋在內的所有人都舉手了。
但再怎麼樣也沒有多到每個人都能喝兩碗，所以只能平分讓大家都吃到。
「明天早餐要煮什麼好呢……話說回來，會送來什麼食材啊……」
聽說本宮以日式料理為主，他想，應該可以立刻備齊日式料理用的食材而提出要求，但數量也可能不夠吧？
「明天就等看過食材再決定吧……」
低喃後，橫倒在棉被上。
——什麼時候才能回去呢……？
腦海突然閃過這個疑問。
從昨天陽炎的語氣可以察覺這不是那麼容易的事情，所以他沒問具體需要多久，但也並非不在意。
——但我回去之後要做什麼呢……？
休假結束後，就得回飯店上班。

那麼，就得和八木原見面吧？

──我能冷靜應對嗎……？

他已經確定是八木原偷走食譜。

但因為沒有能證明此事的手段，其他人以為秀尚只是在找碴，這件事也讓他生氣。但最讓他感到痛苦的，是那道食譜有著和外公、外婆的回憶。

一想到可能會看見八木原因為那道食譜一臉得意的樣子，他內心無法克制地湧上黑暗沉重的東西。

「……睡覺、睡覺。」

彷彿要把這個想法趕出腦袋，秀尚故意喊出聲，接著稍微起身熄滅燈籠燭火，閉上眼睛。

五

隔天早晨，秀尚感到異常悶熱而醒來。

接著他發現自己的棉被裡……正確來說是身體兩側有什麼，被嚇得坐起身——掀開棉被一看，全身無力起來。

四隻小狐狸模樣的孩子鑽進他的被窩來了。

「……難怪這麼熱……」

小孩體溫本來就高，又搭配這一身毛茸茸的皮毛鑽進被窩裡來，那肯定很熱啊！

「真是的，你們幾個……」

鑽進被窩裡的其中兩隻應該是淺蔥和萌黃，若問他為什麼能分辨狐狸模樣的他們，是因為他們身上穿著和昨晚來道晚安時相同的睡衣。

剩下兩隻其中一隻沒穿衣服，應該是還不會變身的三隻中的其中一隻吧！剩下那隻，因為他沒注意那身是誰的睡衣，所以認不出來。

正確來說，如果身上沒有穿著睡衣，老實說他連淺蔥和萌黃也認不出來。

思考著這些事情離開被窩後，不會變身的小狐狸動來動去，微微睜開眼。

「啊～～對不起，吵醒你了嗎？你可以繼續睡喔！」

秀尚小聲說完摸摸他的頭，小狐狸安心閉上眼又繼續睡。

——好可愛喔。

看了他的睡臉一會兒後，秀尚整理好儀容往廚房走去。

他要求的食材已經全部送進廚房了。

他馬上拿這些食材開始準備早餐。

昨天的高湯煎蛋捲廣受好評，所以是其中一道配菜，今天的主菜是烤鮭魚，還有白蘿蔔和豆腐味噌湯，以及水煮小松菜。

因為秀尚的廚師本能想煮豐盛一點，總覺得這樣有點太簡單，但和薄緋商量時，薄緋說光有一湯一菜就已經夠好了，所以大概就這樣吧。

拿捲簾替煎蛋捲塑形，接著切分時，

「早安。」

「唷，過得怎麼樣啊？」

陽炎和薄緋打開廚房門走進來。

「啊，早安。」

秀尚停手向兩人打招呼後，陽炎走到他身邊。

「這麼早就開始做菜啊？真令人佩服。」

「得要趕上早餐時間，而且我平常就要自己在這個時間起床。」

「原來如此。」

陽炎說完後，捏起高湯煎蛋捲切下來的邊邊放進嘴裡。

「喔……這還真好吃呢。」

陽炎一臉驚訝地看著秀尚。

「因為本宮送來的食材很棒。」

「不、不，你不用謙虛。我聽薄緋閣下說你在人界是廚師，沒想到竟然這麼厲害……」

陽炎說完後，接著開口：

「凡事都得要商量，我可以拜託你也煮我的份嗎？」

在旁邊聽兩人對話的薄緋立刻吐槽：

「陽炎閣下，你應該不需要吃飯吧……」

「好吃的東西另當別論。」

陽炎直接挑明，但吐槽的薄緋也說了「因為好吃所以想吃」，所以可說是一丘之貉吧，實際上是一丘之狐就是了。

「一人份也不會花多少功夫，我是沒有關係，薄緋先生可以嗎？」

就算多一人份對他的工作也沒什麼影響，但不知道是否符合這邊的規矩，所以向薄緋確認，薄緋點點頭回應「沒問題」。

「那……今天早餐數量不太夠，如果可以接受從中餐開始的話，我會多準備，你要和大家一起在餐廳吃嗎？」

「不，希望你可以幫我做成便當，我沒辦法在當班時蹺班過來吃。」

「我明白了，那我會在中午前準備好放在工作檯上，請你有空時過來拿吧。」

「謝謝，我很期待。」

看到陽炎說完後準備離去，秀尚喊住他：

「那個，可以請問一下嗎？」

「嗯？什麼？」

「那個，我什麼時候可以回去，如果有頭緒之類的……可以告訴我嗎？」

秀尚這句話讓陽炎露出為難的表情。

「我也希望能直說一個時間，但我現在只能說我也不知道。我們努力平安送你回去，也不會讓你等到頭髮都白了，這點請你放心。」

秀尚也隱約明白這是一件相當困難的事情。

他也知道著急沒用。

只不過，要是沒有頭緒，就算這裡不是壞地方，心中還是會湧起焦躁感。

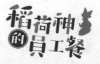

但對他們說這些也無濟於事，而且陽炎和薄緋大概也看穿秀尚的心情了。

「……我明白了，那這件事就交給你們。」

「不好意思。」

陽炎道歉後離開廚房，薄緋也說「差不多該叫孩子們起床了」後離開廚房。

＊

又過了三天。

秀尚完全習慣狹間之地的生活了。

拜託他們幫忙洗的衣服如全新品般回來，但穿這些衣服感覺自己明顯是異類，所以秀尚向薄緋借了幾套作務衣來穿。

多虧如此，即使只有外表，也感覺自己融入其中了。

接著，田裡能收成的蔬菜類變多，還請到人界的稻荷幫忙買本宮廚房沒辦法準備的東西與烹飪用具，萌芽之館的廚房已然變成秀尚的專屬廚房。

做菜是他的主要工作，但淺蔥和萌黃彷彿算準時間，只要他有空閒就會跑來找他玩，所以他也會和孩子們一起玩。

說是玩，這邊不如人界有遊戲機，所以大多只能玩古早的躲貓貓或捉迷藏。

「我覺得遊戲種類應該還有很多才對啊……」

晚上等孩子們睡著後，秀尚就在廚房為隔天的三餐做準備。只要先把能放置在常溫下的東西處理完，早上也不會太慌張。他邊備料，邊想著和孩子們的遊戲。

「他們連蔬菜也不討厭地全部吃光，全是好孩子呢……」

雖然沒有端出青椒或芹菜這類孩子可能討厭的蔬菜，但容易被嫌棄的紅蘿蔔，以及令人意外被討厭機率很高的香菇，他們也會全部吃光光。

秀尚當然特別注意調味讓孩子們不會討厭，但孩子們似乎不怎麼挑食。

「先把香菇乾和蘿蔔乾泡水……」

邊唸步驟邊動作時，

「唷，在努力工作啊？」

陽炎走進廚房。

「啊啊，你好。」

稍微轉過頭去打招呼，陽炎輕輕拿高手中的便當盒。

「這個，多謝招待。今天也好好吃，特別是那個超好吃，用豬肉捲紅蘿蔔和馬鈴薯，然後調味甜甜辣辣的那個。」

「啊，那個也很受孩子們歡迎喔。」

秀尚邊回答邊接下空便當盒。

「雖然身體不需要飲食，但吃好吃的東西後果然還是不一樣。」

「合你的口味真是太好了……今天工作結束了嗎？」

答應替陽炎做便當的隔天，他寫下一張「哪時？早中晚哪個時段需要便當」的字條交給秀尚。

從字條中得知，陽炎守衛的工作是排班制。今天似乎是中午過後才上班，所以只替他準備晚餐，昨天就準備了早餐和午餐。

「是啊，我剛剛和晚班的稻荷交班了。」

隨著陽炎來拿便當以及拿便當盒回來的次數增加，秀尚和他交談的機會也變多了。

親近交談中，秀尚得知陽炎和他到這裡隔天見到的冬雪，主要負責狹間之地的守衛工作，除此之外專職負責守衛這邊的稻荷只有三人，人手根本不夠。

不足的部分就由本宮有空閒的稻荷幫忙分擔。

但本宮的稻荷也是在百忙之中抽空出來幫忙，所以不管怎麼樣，專責守衛的陽炎等人很容易超量工作。

「辛苦你了。」

「那你可以做些什麼小菜給這麼辛苦的我嗎？」

陽炎隨口一說，拉過附近的椅子，就在秀尚面對的流理檯後的工作檯旁坐下。

秀尚心想「總覺得和自己想的不一樣」，但對方是神明，也不會花上什麼功夫，於是先說了一句：

「做不了什麼大東西喔。」拿起為了做準備拿出來的食材。

紅蘿蔔和牛蒡切細絲，接著把蓮藕切成半圓薄片後下鍋拌炒，加入高湯、味醂和醬油後炒到收乾，最後撒上芝麻，先完成一道炒牛蒡絲。

接下來，白蘿蔔切絲和美乃滋、梅肉泥攪拌，撒上柴魚片裝飾。

「這些可以嗎？」

一端出剛做好的兩道菜，陽炎立刻舉筷開動，先夾起梅肉美乃滋拌蘿蔔絲。

「喔喔，這好好吃！」

「那個做法真的很簡單，但很好吃對吧？要是有麻油也能加一點，風味變得不同也很好吃呢。」

「這又是……你真的有做菜的天分呢。」

陽炎佩服地說著，突然開口問：

「話說回來，我看你已經完全融入這裡了，狀況怎麼樣啊？」

「狀況……嗯，很普通吧。雖然多少不方便，也因為和我原本的地方不同而有點不知所措，只不過不知道什麼時候能回去這點讓我有點焦慮吧。」

雖然用「沒問題」帶過很簡單，但隱瞞也沒意義，而且感覺神明會輕易看穿他的謊言，所以他決定老實說。

陽炎點點頭：

「這也是當然。」

「是啊。」

「但要讓你回到原本的地方意外地困難。是有辦法打開時空之門，但得要精準對好正確的時間、地點才行。如果有本宮那種整備完善的『地點』就不困難，但要在這邊做就……舉例來說，就像在遮住眼睛的狀態下，朝高速旋轉的飛鏢盤射兩隻飛鏢，而且兩隻都要射中目標……這樣說能懂嗎？」

陽炎的比喻讓想像具體起來，這確實相當困難，簡直可以說只能憑運氣了吧？

「實際讓你看看是怎麼回事比較快吧。」

陽炎說完後站起身，用手指在空中畫出什麼圖樣還是文字的東西，接著雙手在面前合掌。

下一瞬間，炫目光線從雙手縫隙流洩出來，陽炎張開手的同時，一道裝飾藤蔓模樣、有普通房門大小的雙開門出現在這個空間裡。

「嗚……哇，這什麼啊？超炫……」

秀尚驚訝地走到陽炎身邊，站在憑空出現的門面前。

「這就是時空之門嗎？」

「沒錯，門上的花紋會隨開門者的個性改變，但大概是這種感覺。要打開看看嗎？」

秀尚點點頭，陽炎手指輕輕往門上一推。

下一秒，門無聲開啟，眼前看見未開墾的荒野。

所見之處只是廣闊的荒野，根本不知道這是哪裡。

「這是哪裡啊……」

秀尚低語的瞬間，不知何處傳來號角的聲音。

「啊……是號角……！」

還來不及說完「號角聲」，是因為突然有背上中箭的武士在門的那一頭倒下了。

「……！」

——超現實戰國時代耶！超誇張的啦！

他對這只在電視上看過的場面啞口無言。

「喔，運氣很好，是在日本耶。」

陽炎語帶滿足地說道。

這段時間內，門那頭似乎有武士們往這邊移動，飛箭交錯飛舞，長槍、大刀揮來揮去，戰國繪卷圖實際在眼前上演。

「嗯～～應該是哪個地方的小戰爭吧？」

陽炎分析眼前的光景如此說。

「不對不對不對不對，不是分析的時候吧……有馬！」

就在吐槽陽炎時，看見似乎是武將的人騎馬朝門衝過來。

「糟了……要衝進來了……」

秀尚瞬間往門旁邊閃，以為自己閃過被馬衝撞的命運，但卻沒看見馬衝進來。

「放心，我現在開的門，那頭的人沒辦法走進來，而且也看不見。」

「啊……是、這樣啊。」

「是啊。」

陽炎說著，大略解釋時空之門。

如現在這般緊急開門時，可能會連接到什麼也沒有的空間，如果是在室內，就會和原有的門交疊，讓人進出也不會不自然，如果原本沒有門，就常見直接貼在牆壁上的形式。

「嗯，基本上不會像現在這樣開門啦，大部分都是在確實準備好的地方，朝確實準備好的地方開門。」

說明時，戰爭仍在門那頭進行，寫實的戰鬥痕跡掩埋了整片荒野。

「那個，請你開門還說這種話真的很不好意思，但我回到戰國時代也沒有用，可以請你關上嗎？」

雖然不是對真實戰國時代沒興趣，但突然看見戰爭場面還是饒了他吧，老實說他不想繼續看這真實的殺戮場面，拜託快關上。

「啊，這樣說也是。」

陽炎輕輕地說，單手左右輕揮幾次，接著，門彷彿霧散般瞬間消失。

「所以啦，就是像這樣很困難，今天剛好很幸運在日本呢。」

「我看了之後，知道具體是什麼感覺，也知道為什麼花時間了。」

「我們想盡量把你送回原來的世界，我們也在構想各種術式結構，希望可以提升從這邊連結目的地的精準度，請你等一下。」

一想到為了要把偶然跑進來的自己送回去，他們還在繁忙的工作中抽空出來，就對自己在沒有生命危險的狀態下還囉嗦催促他們感到很抱歉。

「好。」

說完點頭後，陽炎用眼神一笑，走回工作檯夾起剩下的小菜吃。

「嗯，果然很好吃，讓我想喝酒了。」

說完後，陽炎笑著看放在流理檯上，拿來給秀尚當料理酒用的五合酒瓶，秀尚立刻回應：

「不可以。」

陽炎雖然抱怨「還真嚴格」，但也沒更煩人地討酒喝。

＊

接著，到了隔天晚上。

今天秀尚也在為隔天的料理做準備。

把蘋果切成可愛形狀裝飾後，孩子們大為興奮，所以秀尚正在把明天配菜的甜煮蔬菜用的紅蘿蔔切成可愛形狀。

當他正在切迷你紅蘿蔔和小香菇兩種形狀時，

「唷！今天也很努力工作啊。」

聲音出現的同時廚房門打開，陽炎走進來。

——又來了。

秀尚雖然這樣想但沒說出口，迎接陽炎進門，而他後頭還跟著另外一個人。

那是到這裡的隔天，替他送本宮準備的食材來的冬雪。

「那個，我記得你是冬雪先生。」

「哎呀，你記得我的名字啊？真開心。」

冬雪笑著回應，他光靠這笑容就能迷倒眾多女性。

老實說，如果在原本的世界，大多數男生都會對他說「帥哥自爆吧」。

話說回來，陽炎也是個帥哥，所以該採複數說「帥哥們」才對。

邊想著這種事情邊問：

「你們兩個都在是發生什麼事情了嗎？薄緋先生已經回房去了耶。」

兩個守衛齊聚，或許是發生什麼事了吧？秀尚自認體貼地問，陽炎和昨天一樣拉了一把椅子在工作檯旁坐下。

「不是，是陽炎閣下向我炫耀你的料理非常好吃，所以我讓他帶我來。」

冬雪邊走向工作檯邊苦笑著說。

「所以可以請你做些什麼嗎？我們今天自己帶這個來了。」

陽炎對冬雪的話點點頭，一點也不覺得自己有錯，很自然地把吟釀酒的一升瓶擺到桌上。

——這傢伙。

秀尚不禁在心中痛罵，但他根本沒打算拒絕，反而是看見他們坐在那裡，一臉期待不知道會端出什麼的表情，讓他受到得做些什麼料理的使命感驅使。

「只能做出簡單的東西喔。」

先打預防針之後，他停下準備明天餐點的手，開始做下酒菜。

總之想著先做能最快端上桌的東西，便拿起山藥，切成長方形條狀後堆在小碟子上，旁邊擺上柴魚片後，和醬油一起端出去。

「總之先吃這個等一下吧。」

雖然稱不上料理，但應該能撐一段時間吧。

陽炎立刻打開一升瓶倒酒進杯子，拿山藥條當下酒菜開始喝酒。

秀尚背後感覺著這些，首先先做這裡最受歡迎的一道料理「高湯煎蛋捲」。在他用捲簾塑形時，把菠菜稍微燙過後淋醬調味，接著把調味菠菜當成內餡捲進海苔，以及用剩下的蛋液煎出的薄蛋皮中。

之後邊用高湯燉煮青江菜，把海帶芽乾泡水恢復，在高湯煮青江菜即將完成時，把和菠菜一起稍微燙過的紅蔥與辣醋味噌攪拌後，做成搭配海帶芽的醋味噌醬。

接著把這些東西全擺在同一個盤子上端出去，陽炎和冬雪露出笑容。

「短短時間內就做出四道啊。」

「真厲害，擺盤也好漂亮。」

只是拿多的醋味噌在盤子上稍微畫個圖樣而已就被這樣誇獎，讓人有點害羞。

「只有能常溫保存的食材，能做的東西也有限……」

要是提前知道他們晚上會來，就能多留一些食材下來在晚上用，但他們來得太突然，真的只能做出簡單的東西。

但冬雪吃下海苔捲燙菠菜後，眼睛閃閃發亮說：

「這個……非常棒，沒有醬油過鹹的感覺，非常好吃。」

「你高興得還太早，吃吃看煎蛋捲。」

陽炎一手拿著酒，咧嘴笑個不停地用前輩般的口氣對冬雪說，冬雪乖乖聽話吃下高湯煎蛋捲，

「喂……！這什麼啊！這也太好吃了吧！」

他誇張到都已經站起身了。

「是不是？攻陷我的就是這個煎蛋捲。」

陽炎不知為何驕傲地說著，把紅蔥拌醋味噌醬送入口中。

「啊啊，真不錯，這個辣度恰到好處……真下酒。」

「真的耶……廚師真的是加之原的天職呢。」

雖然覺得太誇張，但被誇獎果然讓人開心。

只要開心就想要多招待點是人之常情，所以不小心問出口：

「要吃炒蒟蒻嗎？」

兩人回答「那當然」，秀尚拿過蒟蒻開始撕成一口大小，這樣比用刀切更容易入味。把蒟蒻燙一、兩分鐘後，放進平底鍋中拌炒，加入味醂、酒、醬油和辣椒後煮到收乾，炒蒟蒻就完成了。

就這樣又煮了三道菜，等到只剩隔天早餐所需的食材後才停下手，兩人每道菜都說好吃，酒也一杯一杯下肚。

一升瓶已經喝完一半，不是不能喝但酒量不好的秀尚，純粹想著「真厲害呢」地看著兩人。

「雖然我們不需要飲食，但吃下好吃的東西後，果然還是有滿足的感覺呢……」

冬雪開心地說著。

「確實是這樣，本宮的飯雖然也很好吃，但有種太過雅致的感覺對吧？」

陽炎說完後冬雪點點頭。

「啊啊，嗯，我懂。曾在人界吃過東西的稻荷都這樣說，該怎麼說呢，本宮廚房做出來的料理有種精製過的感覺……人界的東西，說味道雜或許也是那樣吧，但那反而創造出豐富的味道。」

「就這種意義上來說，你煮的菜就是味道雜得恰到好處。」

秀尚對陽炎說聲「謝謝」後，突然冒出疑問：

「本宮是怎麼樣的地方啊？」

陽炎回答：

「由九尾的白狐大人治理，類似我們稻荷的總部的感覺吧。包含寢殿在內的巨大建築，所有東西都在協調的美感中。」

「是很典雅的地方。」冬雪接著說。

「一直待在那種典雅的地方，我就會開始出現肩頸痠痛。所以對我來說，現在

這樣到這邊來或是到人界出任務的工作最適合我。」

陽炎笑著說完後，接著問：

「誤闖這邊的人類，大多都是在人界發生什麼不安或是痛苦的事情，想要逃避現實的人。但你看起來做的是堪稱天職的工作，看你立刻融入這邊的世界，你的膽量也比外表看起來大。這樣的你，為什麼會出現誤闖這邊的精神狀態呢？看你來這裡時的樣子，應該是在沒人的地方受傷，因為無法動彈而一時感到不安吧？」

「啊～～那確實是。當時下雨，我又迷路，想折返時腳打滑，結果左腳嚴重扭傷……然後無法動彈，身體越變越冷，也沒有求援的手段……我當時確實想著該不會就這樣死掉吧。」

陽炎點點頭。

要當作理由只有這個應該也無所謂，但秀尚發現時，他已經繼續說下去了：

「而且在那之前，我有點沮喪……」

「喔？戀愛問題嗎？」

「欸？要講戀愛嗎？哇噻，好青春的感覺喔。」

陽炎和冬雪帶著有點興奮期待的表情回問。

秀尚邊想著「為什麼這些人這麼期待啊」，邊搖頭：

「很可惜不是耶，職場上發生一點事情……」

「是那個嗎？現在人界常出現的職權騷擾、黑心企業之類的嗎？」

陽炎像要秀尚說個明白地深入追問。

既然說出口了，也很難隱瞞下去，順帶一提，或許也因為秀尚心裡有想說給誰聽的心情，所以他繼續說：

「不是。我在飯店的廚房工作，我們飯店會向員工徵求新食譜。然後，我用充滿和外祖父母回憶的食譜參加……結果食譜被前輩偷走了。」

雖然抗議過，但他拍下來的證據照片全部從手機中消失。也說了在那前幾天，自己擺著手機的櫃子鎖頭被撬開的事情。

冬雪驚訝地問：

「什麼！那是那位前輩做的嗎？」

「我覺得是，但我沒有前輩撬開我櫃子的證據，也沒有證據可以證明食譜是我的……反過來變成是我找前輩碴的感覺……」

「也做得太徹底了吧，真是的。」

陽炎有點憤怒地說道。

「結果我覺得有一點難自處，工作上也大錯小錯不斷，然後就被半強制休假了……我利用休假到神社、寺廟四處逛逛，然後在旅途中遇難，就變成來到這裡的原因了。」

說完後，不知為何一片沉默。秀尚盡量不要說得太過感傷，但兩人似乎比他想

像得更加沉重地接受這件事，

「……如果我這樣講，你們相信嗎？」

他用滑稽的語調窺探兩人的反應。

兩人點點頭。

「啊啊，當然相信。」

「你看起來不像在說謊。」

冬雪這句話讓秀尚邊笑邊回：

「這可難說喔，說不定我是稀世罕見的大騙子耶。」

陽炎搖搖頭：

「不，人說謊時會散發出特別的波動，你說這段話時，完全沒出現那種東西。」

冬雪也對陽炎的說辭同意點頭：

「偷你食譜的那個前輩，不管多周全地用謊言包裝，只要他用越多的謊言來包裝，就會讓大家感覺到他在說謊。只是因為沒證據，大家都不說而已，但身邊的人自然而然會發現他就是那樣的人。」

「……是這樣嗎……」

「是啊，就算外表看起來很完美，心虛感可無法輕易消除啊。」

陽炎如此斷言，冬雪則相當憤慨地說：

「但就算是這樣還是很生氣，別做那種借人之物、圖己之利的事情啊！」

「就是說，我真的超級生氣。」

聽到秀尚如此回答，冬雪不知為何愉悅地表示：

「說得也是！那要詛咒他嗎？要詛咒他嗎？」

他已經完全喝醉了。

「啊～～不，這話出自神明口中可不是開玩笑的耶。」

秀尚覺得生氣，也希望八木原得到懲罰，但當委託對象是真的神明時，感覺事情會鬧很大，所以推辭了。

「你意外地有修養耶。」

冬雪說完後，陽炎也很意外地說：

「是啊，我還以為你會祈禱讓他每天早上都踩到狗大便，或是鴿子大便掉在頭上之類的耶。」

「神明請別開口閉口說大便，又不是小學生了。」

陽炎說出的詛咒等級也太低，讓秀尚感到虛脫。

「欸～～不覺得這很討厭嗎？狗和鴿子讓我選一個，我比較討厭鴿子。」

「不，踩到狗大便那一瞬間的感覺會讓你很絕望。」

把兩個喝醉帥氣稻荷等級過低的對話當成背景音樂，秀尚回頭準備隔天的早餐。

六

「今天也來了～～還有位置嗎？」

晚上，秀尚在備料時，本宮的稻荷來到萌芽之館的廚房。

「喔，現在剛下班嗎？來這邊吧。」

先一步抵達，四位已經坐在工作檯旁的稻荷的其中一人，舉手招呼新來的稻荷。

從陽炎和冬雪口中聽聞後，廚房彷彿成為「行家才知道的居酒屋」狀態，不認識的本宮稻荷也會偷偷跑來。

秀尚一開始滿心不知所措，但只要有人拜託他就忍不住會端出什麼，於是便想著，乾脆決定一個時間當作居酒屋時段吧。

結果營業時間就變成孩子們就寢後的十點左右到秀尚就寢的十二點之間。

雖然說是營業，但他沒收錢，也沒有菜單。

秀尚最多就是在備料時順手做些什麼，但他已經事先知道「每晚都會有人來」，因此準備晚餐時會先做幾道菜，所以也不會手忙腳亂。

秀尚做好料理後會放在工作檯上，大家可以自行取用，就是邊喝酒邊開心聊天的感覺。

「老闆，這是伴手禮，可以用這個做些什麼嗎？」

剛來的稻荷遞出一袋東西。

「謝謝，是什麼啊？」

秀尚收下袋子確認內容物。

「啊！是生的明太子和醬油漬鮭魚卵耶。」

「今天到人界出任務時，那邊剛好在辦海產祭，我就買回來了。拜託你做個好吃的東西啊。」

他說完後，就在其他稻荷招呼的位置上坐下。坐附近的稻荷迅速替他倒酒、準備小盤子，相當熟練地替他準備。

這邊的規則是要自己帶酒來，基本上採自助式。

除此之外，有想要吃的食材就自己帶來，秀尚只負責幫忙料理。

理由是，拜託本宮廚房準備明顯是要做下酒菜的食材讓人心虛，而且要是不訂「只能端出備料中使用的食材能做的小菜」的規則，秀尚就會得意忘形地做個沒完沒了。

在秀尚做菜時，稻荷們熱烈地談論工作。

秀尚聽了很多之後知道，會來這邊的稻荷，多半是頻繁來往外面世界——也就是人界的稻荷。

因此常會像剛剛那樣拿伴手禮來，而且只要拜託，他們也會幫忙買來本宮廚房無法準備的食材。

他們前往的人界，基本上是「現在」，也就是秀尚生活的時代。

所以秀尚想著，那只要和他們一起去，不就能回家了嗎？但似乎辦不到。

因為他們是稻荷才能辦到，一介普通人類的秀尚不做「特別措施」似乎就沒辦法。

而且他們在本宮裡適當的場所打開時空之門，所以才能準確前往，要在狹間之地打開前往目標地點的時空之門還是相當困難。

——要是那麼簡單就能跟著一起回去，陽炎先生不可能不如此提議啊。

秀尚邊想，把削皮後的馬鈴薯切成適當大小後沖水。

這段期間，他取出五條中的三條生明太子隨意切成適當大小後，漂亮地擺在小碟子上端出去。

「難得的生明太子，首先請直接品嘗味道吧。」

真的很難得才有辦法買到生明太子。

大多至少會冷凍過一次。

因此，首先先讓他們直接品嘗味道。

因為食材品質好，稻荷們當然連聲讚揚好吃。邊聽他們的聲音，秀尚磨蘿蔔泥，稍微用濾網濾乾水分後，在小碟子上堆成小山。正中央擺上醬油漬鮭魚卵，旁邊隨意擺上白蘿蔔的心形嫩芽，和切成扇形的檸檬薄片。

「這是鮭魚卵蘿蔔泥。」

「喔，白蘿蔔泥搭配鮭魚卵啊，我第一次看見這樣搭呢。」

稻荷稀罕地說著。

「很清爽很好吃喔。」

秀尚邊說邊把相同東西端到其他稻荷面前，接著開始水煮沖完水的馬鈴薯。

「今天要用鮭魚卵蓋飯作結，有誰要吃？」

他們最後一定要用碳水化合物作結。雖然還不到端上桌的時間，但為了要抓份量而詢問，所有人都舉手了。

「我明白了。」

算好人數後，品嘗鮭魚卵蘿蔔泥的稻荷說著「果然很好吃」。只是簡單將食材組合，也不確定能不能稱得上料理，但看到他們吃得開心，秀尚也很高興。

看了一下工作檯上的料理，一開始做起來放著的大盤炒豆渣、馬鈴薯燉肉和芝麻拌菠菜都只剩幾口的量。

——還有一小時啊……這些不夠耶。

看了一眼牆上時鐘，從他們平常吃喝的速度來看，應該得再多做幾道比較好。就算吃不完，他們也會把剩下的食物打包，所以沒有問題。

在此，拿出想著要是留到最後，就全部丟進溫柔接納所有食材的咖哩中去煮的各種食材來。

接著製作天婦羅麵衣，倒油入鍋加熱，依序將所有食材放進油鍋炸。

「騙人，連芹菜也炸成天婦羅嗎？」

看見秀尚炸起意外的東西而露出懷疑眼神的稻荷，也在實際品嘗後，一口接著一口：

「啊，意外好吃耶。」

把剩下食材全炸好後，馬鈴薯也煮好了，把熱水倒掉後直接使用，稍微壓碎後放涼。接著加入剝皮明太子、美乃滋後拌勻，放進大盤子中端出去。

「沒想到竟然和馬鈴薯沙拉混合啊……」

「我也大多時候用鱈魚卵做，但用明太子做有種適合大人的感覺，我覺得拿來配酒正好。」

因為變成可愛粉紅色，所以旁邊拿個綠色東西點綴——比如最常用的巴西里葉或是有點變化地放上紫蘇葉比較好，但手邊沒有巴西里葉，變得不太新鮮的紫蘇葉剛剛已經炸成天婦羅了。

就在秀尚心想「失敗了」之時，分食明太子馬鈴薯沙拉的稻荷們紛紛驚呼：

「哇～～好好吃……！」

「端出這種東西來，會害我喝太多……！」

「……明明不管是什麼菜都喝很多酒啊。」秀尚邊笑邊說。

「哎呀，別這樣說嘛。我們確實是配鹽巴也能喝啦，但有好吃的下酒菜，滿足程度果然不同啊。」

「沒錯沒錯，聊起天來也更開心。」

稻荷們非常愉悅地回應。

「嗯，不管端出什麼你們都吃得那麼開心，我就很高興了。」

秀尚邊說，接著開始切茄子準備做田樂燒。

端上桌後，也差不多該端出收尾的蓋飯了，秀尚著手準備。

只有鮭魚卵會讓口味稍嫌單調，所以另一半放上烤鮭魚肉，再把剩下的明太子放上去點綴。

「蓋飯出現了也就表示快關門了啊……」

一位稻荷不捨地說著。

「今天也很感謝大家蒞臨本店。」

秀尚邊說邊把蓋飯端到所有人面前。

在他們吃蓋飯時，秀尚洗滌尚未清洗的餐具與調理用具。他有空就會順手洗好收好，所以也沒剩太多。在他們吃完蓋飯時也洗好了，接下來只要洗好蓋飯碗、杯子後，今天的工作就結束了。

——十二點半應該可以睡覺。

雖然仍是早上五點起床，但因為有陪孩子們午睡，所以他的睡眠時間算是充足的。

在腦袋中安排好時間時，一位稻荷突然開口問：

「沒辦法做生魚片之類的嗎？」

「如果你們拿來，我就能立刻做……但你不是問這個吧？」

他應該是想說「隨時都能端出生的食物」，但這辦不到。

「如果有冰箱就能保持新鮮，但這裡沒有冰箱，生鮮類總是在料理前請本宮送過來。」

因為沒有冰箱，所以都得在每一餐前備料。

但如果有冰箱，就可以在有空時做些常備菜，一次備足多餐份量的料，效率會比現在還好，也能讓大家吃到更多東西。

「冰箱啊……」

「我記得本宮廚房裡應該有耶。就那個吧？會冷的儲藏箱那種嘛。」

雖然不知道本宮廚房裡的長什麼形狀，但確實是如稻荷所說的「會冷的儲藏箱」。

「沒錯。」

「這邊應該也可以幫忙準備吧？你問問看薄緋閣下。」

隱約理解「只要有冰箱，大概能吃到更多東西」的稻荷給出建言。

得到建議，隔天吃完早餐後，秀尚開口向幫他收拾善後的薄緋商量。

「冰箱啊……」

感覺反應有點遲鈍，或許因為和平常一樣沒什麼情緒起伏才這樣覺得，也可能是他根本不知道「冰箱」是什麼。

「那個，就是可以冰涼或是儲存煮好的料理的東西……」

「是的，我知道喔……」

看來他似乎知道什麼是冰箱。

「要是有冰箱就能提升準備的效率，如果有當然最好，沒有也不勉強，我照現在的做法做也沒問題。」

感覺自己似乎要求了相當奢侈的東西，所以加上一句委婉的話。但薄緋回答：

「這樣啊……我明白了，我們會考慮。」

「其他還有什麼嗎？」

「沒有，沒有問題。」

「如果想到其他什麼還請告訴我。」

薄緋說著，擦好最後一塊餐盤後便離開廚房。

「……我該不會可以期待吧？」

因為薄緋沒立刻說「做不到」，所以或許有什麼辦法能解決，秀尚邊想邊走出廚房。

接下來到準備中餐前都是自由時間。

但是，幾乎沒有自由。

「加之哥哥～～」

才一走出廚房，完美的合聲喊出他的名字。

喊他的人當然是淺蔥和萌黃。

兩人立刻分站左右拉起他的手。

「加之哥哥，我們去外面玩！」

「不可以，今天要在房間裡面玩積木！」

淺蔥和萌黃想和秀尚玩的東西不同，開始強力主張自己的意見。活潑的淺蔥是室外派，而文靜的萌黃是室內派。

「昨天在外面玩了啊，今天要不要換在屋裡玩？」

秀尚這句話讓萌黃露出開心的表情，淺蔥則是嘟起一張嘴表示：

「不要啦～～！薄緋大人說明天會下雨，所以今天要到外面玩啦！」下雨確實無法到外面玩。

但是昨天猜拳輸了，只能陪大家到外面玩的萌黃眼泛淚光：

「但是、但是，昨天說今天要在房間裡玩的啊……」

「明天就可以在房間裡玩了啊！」

淺蔥也不肯退讓。

就在爭執不下時，其他孩子也聚集過來，分成室內、室外兩派吵了起來。

秀尚放開牽著的手拍了一下，「好，大家安靜！」讓孩子們安靜下來。

「說明天會下雨是真的吧？」

秀尚要確認不是為了今天要出去外面玩才說謊，淺蔥用力點頭：

「會下雨，從早上開始一直下。」

「我明白了，那明天在屋裡玩。」

這句話讓淺蔥眼睛閃閃發亮地反問：「那今天要在哪裡玩？」萌黃的眼淚快要掉下來了。

「萌黃別哭啦。」

秀尚摸摸萌黃的頭接著說明：

「今天現在先去外面玩，吃完午餐之後在屋裡玩。明天一整天都在屋裡玩，所以兩邊各一天半，正好各一半，對吧？」

萌黃想了想之後點點頭。

「那我們現在出去外面玩吧。」

秀尚說著再次牽起孩子的手，和孩子們一起到外面去。

在外面會玩躲貓貓或捉迷藏等簡單的遊戲，但最近增加了一點變化。多了踢罐子，和變形學躲貓貓，這是秀尚命名的。

踢罐子沒特別變化，但躲貓貓有點不同。

可以和一般躲貓貓相同地躲起來，但和淺蔥、萌黃一樣會變身的孩子，可以變身成任何東西。

只不過，他們雖然會變身但還很笨拙，完成度很低。

因此幾乎都會留下耳朵和尾巴，立刻就被看穿，所以最近很普通地跑去躲起來的比例越變越高。

即使如此還是大膽挑戰變身的就是淺蔥。

今天先從變形學躲貓貓開始玩起。

秀尚第一個舉手當鬼，但數完一百轉頭的瞬間，就發現疑似淺蔥的東西了。

前方不遠處的那個岩石。

不久前還不存在的岩石，從尺寸上來看也是淺蔥蹲下來之後的大小，而且還長出尾巴。

岩石突然出現得很不自然，以及沒藏好的尾巴。

不管怎麼樣都很難不發現。

——要誇獎他的努力啊，他很努力……

先別第一個就找到他吧，秀尚裝作沒發現地靠近岩石。

接著打算要去找孩子們可能藏身的地方，但在秀尚靠近時，岩石長出來的尾巴耐不住性子地動個不停。

——喂……

老實說，秀尚還真的想要裝成「沒有立刻發現耶」，但也別來這招吧。

即使如此，秀尚還是想要誇獎淺蔥的努力，但在他更靠近時，原本藏好的耳朵卻冒出來了。

大概全注意著「有被發現嗎？沒問題吧？」而無法控制法術了吧。

——啊～～……這要是當沒看見，反而失禮了吧？

而且對本人也沒有好處。

秀尚直直朝岩石走去，「碰」地輕摸岩石。

「好，我找到了。」

「怎麼這樣～～！」

眼前的岩石在說話的同時變回淺蔥。

「你為什麼會發現？我今天有好好把耳朵藏起來耶！」

淺蔥用「我不能接受！」的表情抗議。

「你的尾巴沒藏好，而且在我靠近的時候尾巴還動個不停，耳朵也跑出來了。還有啊，突然多出一塊剛剛沒有的岩石也太不自然了吧？」

確實地點出缺點後，淺蔥說著「哎！我還以為我今天藏得很好耶！」但一點也不沮喪地牽起秀尚的手。

被找到的人就得待在地上畫出來的牢籠中，但讓他一個人待在那裡也太無聊了，總之先一起找其他孩子吧。

狹間之地整體的腹地極大，但一開始就決定藏身範圍只限萌芽之館後方到農田前方，所以要找的地方並不多。

花了十五分鐘左右找出所有人，接下來玩踢罐子。

踢罐子玩完後開始玩踩影子，然後玩比鬼高鬼捉人。

玩完一輪後接近準備午餐的時間，所以大家一起到農田去摘取午餐要用的蔬菜。

秀尚拿著摘取的蔬菜回廚房，孩子們留下來整理農田。

因為種植的東西比以前還多，使用的面積變得頗大。

所以田地工作從原本輪流負責，現在變成所有人一起做，大家一起拔雜草、巡視有沒有蟲害。

午餐結束後，萌黃算準秀尚整理完畢的時間來廚房接他。

因為約好下午要在屋裡玩。

在室內最先玩的是組樂高積木。

到人界去的稻荷也會買來給孩子玩，但基本上都是人界孩子不玩的東西。

稻荷中有假扮成人類，邊生活邊守護人界，並看清楚當地狀況的人。

薄緋說他們巧妙地融入人類社會中，會從各個家庭要來小孩子長大後就不要的玩具。

對方也認為與其丟掉倒不如加以活用，所以都會很樂意送給他們。

因此，兒童房裡有大量的樂高、積木和塑膠軌道的電車等玩具，完全不需要爭奪。

「我這邊想用長的積木。」

最喜歡玩樂高的萌黃，努力想將腦海中的設計圖具體成形。

「長的……我剛剛有看到耶。」

秀尚往放樂高的籃子裡翻找，壽壽先找到想要的樂高積木，咬出來給他。

「喔～～小壽好厲害喔。」

邊誇獎邊摸他的頭，壽壽開心地搖尾巴。

一開始還以為對三隻小狐狸來說，沒辦法動手的堆積木、組樂高一點也不好玩，但他們似乎玩著「比大家早一步找到想要的形狀」的遊戲，也玩得很開心。

玩完積木後，就是讀繪本的時間，大家分別拿著想看的繪本走到秀尚身邊。

「浦島太郎發現海邊有一群孩子圍成一團吵吵鬧鬧，走近一看，發現孩子們拿木棍戳烏龜、拿石頭丟烏龜的殼，正在欺負烏龜。」

盤坐讀繪本的秀尚的腿上，輪流被孩子占據。

放棄坐腿上的孩子緊緊貼在秀尚身邊坐著，小狐狸活用他們嬌小的身材塞在縫隙當中。

大家都還是想在爸媽身邊撒嬌的年紀。

但因為和普通狐狸不同得離開父母身邊，應該很寂寞吧。

想靠在體型比自己大的人身邊，或許是為了得到安心感。

貼在秀尚身上感到安心，以及早上活力充沛地玩耍，再加上將近午睡時間，繪本唸到一半，幾乎所有孩子都陣亡了。

除了幫忙簡單家事以外，他們的日常生活就是吃飯、玩遊戲、睡覺，接著還是吃飯、玩遊戲、睡覺。

全員都睡得動也不動後，秀尚輕輕把腿上的孩子放下來，為所有人蓋上小毛毯。邊看著沉沉入睡的孩子們，秀尚也找了個空處躺下來小睡一下。

大約睡了三十分鐘後，他小心地不吵醒孩子們起床，前往廚房準備晚餐。

「啊啊，你來了啊？」

一打開門，冬雪和薄緋在廚房裡。

「你們好……」

秀尚點頭致意後走進廚房。

「冬雪閣下剛剛把這個拿過來了。」

薄緋說著，手指向原本空無一物的牆面平台上，現在有一個類似雙開門櫥櫃的東西，深度大約六十公分左右，寬和高大約有一公尺。

「……是餐具櫃嗎？」

現在餐具收放在沒有門的櫃子裡，雖然沒有不便，但或許他們很在意會有灰塵吧。

但薄緋搖搖頭。

「不是，這是你今天早上提到的冰箱。」

「什麼？這是冰箱嗎？」

不管怎麼看都像餐具櫃或是衣櫥啊。

「對啊，從本宮廚房搬過來的。」

冬雪滿臉笑容地說著。

——話說回來，冰箱需要插電吧？這裡有電可以用嗎？

大家使用的廚房、餐廳以及大廳和走廊有燈。

一開始還以為是電燈，但那並不是用電力的東西，而是螢火蟲的照明。

聽說得到這些任務的螢火蟲，可是相當驕傲做這份工作。牠們似乎也不需要飲食，但秀尚會做些蜜糖給牠們當點心。有時用蜂蜜，有時用麥芽糖改變一下口味，看蜜糖快速減少的樣子，似乎相當受歡迎。

所以說，秀尚根本沒聽說這裡有電。

邊想著或許只是他沒問才沒有人說，這裡可能有電吧，

「你打開看看。」

在冬雪的催促下，秀尚用力打開雙開門。

一打開，分成四層的櫃子中，正好與秀尚視線等高的層架上，有十五個留著妹妹頭，身穿紅色編織和服，戴著毛線手套，腳上穿著草鞋的小孩。大小約十公分，只有兩頭身或三頭身。孩子們縱向排成三列，規律地往左往右搖擺身體。

「咦……這什麼？好可愛。」

他第一個感想就是這個。

秀尚的反應讓冬雪一笑：

「你不驚訝啊？」

「啊～～可愛超越驚訝了啦，那個，這些孩子是……」

冬雪邊笑邊回答秀尚的問題：

「是和我們簽約的雪女那兒的小姑娘們，這些孩子可以幫忙冷卻箱子裡的溫度。」

「是這樣啊，那個，接下來就請妳們多多指教喔。」

秀尚朝眼前的小雪女們鞠躬，小雪女們也整齊劃一地對秀尚一鞠躬。

——好可愛喔～～……

他忍不出露出笑容。

「基本上是靠著箱子裡的人數來調節溫度，我有請他們寫使用說明書，請你看這個吧。」

冬雪從懷中拿出說明書交給秀尚。

「謝謝。」

「如果這樣可以吃到更多好吃的東西，我也很開心啊。」

冬雪說完後走出廚房。

目送他離開後，秀尚先關上冰箱門。

接著打開說明書，上面除了畫上箱子的圖，還用漂亮毛筆字寫上使用說明。就現在拿過來的箱子大小來看，一層一個小雪女就能發揮冷藏效果。

只不過，如果長期待在冰箱裡，小雪女會因為溫度太高而變得虛弱，最糟還可能融化不見，所以最少一天要換班一次。

為此，基本上還得另外準備一個箱子當冷凍庫使用，讓小雪女們可以在那邊休息、等待。

「也就是說，現在這個冰箱是冷凍狀態囉。」

如果一層只需要一個人，那這個四層櫃只需要四個人，現在的人數完全是冷凍庫啊。

「薄緋先生，有大約一半大小的箱子嗎？蓋子可以確實密合的，可以的話不會漏水的東西最好。」

「如果不用像這樣有門，只是普通箱子也沒關係的話……」

「可以讓我看看嗎？」

秀尚問完後，薄緋要他稍候便走出廚房，五分鐘後再回來時，手上拿著一個比想像中還大的塗漆製的箱子。

「這個可以嗎？」

「剛剛好，但塗漆品可以放冰塊之類的嗎？」

雖然是沒有多做裝飾的簡單漆器，但那不是現代常見的聚氨酯塗料，而是本漆製作的木箱。知道本漆相當難照料的秀尚有點擔心。

「沒有問題……我會先施法術。」

薄緋說完後指尖在蓋子上畫出圖樣，接著雙手把圖樣往盒子上壓。

「請用。」

秀尚接下薄緋遞出的箱子，把開蓋的盒子放在冰箱旁，接著再次打開冰箱門。

和剛剛不同，小雪女圍成圈圈似乎在玩什麼遊戲，發現有人開門急忙整隊。

「對不起喔，打擾妳們玩耍。我想要把這個櫃子當冰箱用，可以請妳們留四個人下來工作嗎？明天會讓妳們換班，其他人可以移動到其他箱子休息嗎？」

秀尚說完後，小雪女們彼此互看，接著再度圍成一圈似乎在討論什麼。

過一會兒，四個小雪女舉手。

她們四人是今天的冰箱值班者吧。

留下舉手的四人後，讓其他小雪女移動到要當成冷凍庫用的箱子中。

「有冰箱可以用之後……能做的東西就變多了呢。」

秀尚興奮地低喃，薄緋聽到後微微一笑：

「接下來的用餐時間讓人更加期待了呢……」

「我會努力回應你的期待。」

秀尚說完後，立刻開始準備晚餐。

有冰箱可用之後的威力不同凡響。

能事前備料的東西增多，端上桌的菜餚數量增加，而且可以做出更加費工的料理了。

秀尚最先做的就是早餐的法國吐司。

先前也有好幾天早上吃吐司，但要在常溫下泡蛋液，從衛生上來看不太好，所以秀尚從沒做過法國吐司。

難得有冰箱可用，所以第一個就端出法國吐司，孩子們大為欣喜。

不僅因為新奇，小孩果然還是喜歡甜的東西。

「明天也想要吃！還想要再來一份！」

每個人都異口同聲如此說，因此在隔天早上也吃法國吐司。

當然，至今因為保存因素沒辦法頻繁製作的肉類、魚類料理也變多了。

受惠最多的就是居酒屋菜單。

「這是南蠻漬小沙丁魚，請用。」

在一如往常圍坐工作檯旁喝酒的稻荷面前，端出一大盤南蠻漬。

「喔喔，是這裡第一次出現的料理耶。」

陽炎整個人湊上前。

「自從有冰箱後，開始能做這類需要醃漬的料理了。雖然感覺常溫也能放一段時間，但還是有點恐怖。」

基於與法國吐司相同理由而無法做的料理現在也解禁了，除此之外，令人意外的還有原本不太能做的豆腐類料理。

理由是豆腐很容易腐敗。

雖然知道放置在常溫下只要不超過一天就沒問題，但受「冷藏保存」這種常識養大的秀尚，還是覺得放置在常溫下很恐怖。

「也可以拜託你做些什麼肉類料理嗎？」

坐在陽炎身邊的冬雪也提出要求。

「有雞肉火腿，要做沙拉嗎？還是要做成一口炸雞排？」

「嗯～～好難抉擇……都這種時間了還是雞肉火腿……不，還是一口炸雞排好了。」

雖然猶豫，似乎還是無法戰勝炸物的誘惑。

「那我要炸雞塊。」

陽炎在冬雪身邊咧笑說著。

「喂！別那樣誘惑我啊！」

冬雪哀號著看向陽炎。

陽炎和冬雪同為六尾稻荷，年紀似乎也很相近，最大的不同是體格。

陽炎比秀尚高五公分左右，大概超過一七五吧，冬雪比他更高，應該起碼有一八五。

但陽炎非常瘦，說好聽是纖細，直說就是瘦弱。

他以前曾說過「別看我這樣，我脫掉衣服也是很驚人的耶」，但就算他脫衣服秀尚也不覺得開心，所以沒看過。

與之相對，冬雪看上去就是一身肌肉。雖然沒看過他的裸體，只是隔著衣服觀察，但絕對不是魁梧的感覺，而是很受女生歡迎的精實健壯體格。

但他說最近的煩惱是變胖了。

理由似乎是因為這個居酒屋的出現。

話說回來，不知道不需要進食的他們吃下肚的東西會對身體產生什麼作用？秀尚也不覺得他外表有什麼變化，但據本人表示他變胖了。

——哎呀，將近深夜的時段又喝酒又吃下酒菜的，也不難理解啦……

秀尚把這段話放在心中，沒說出口。

「是我想吃才點的，你不用勉強自己吃啊。」

陽炎仍露出滿臉打著壞主意的邪笑如此說。

「怎麼可能不吃！因為知道絕對好吃啊！看見好吃的東西端上桌，一定會想要吃的啊！」

「下酒菜好吃，酒也會喝得更多啊……」

其他稻荷聽著兩人的對話邊笑邊說：

「啊，要把冰箱裡的冷清酒拿出來！」

稻荷起身走向冰箱，從裡頭拿出冷清酒瓶。

這是愛喝酒的他為了自己專用特地拿過來冰的酒。

「冷清酒，真不錯耶，也給我一杯。」

陽炎乾掉自己的酒杯後催促。

「只有一杯喔。冬雪，你呢？」

稻荷邊把拿出來的冷清酒倒進陽炎的酒杯中邊問，冬雪露出為難表情說著：

「你們為什麼都要這樣誘惑我啊……」

最後還是把酒杯裡的酒喝光後遞出去。

「你幾乎不想要自制啊。」

秀尚邊笑邊說，著手準備炸一口雞排和雞塊。

今晚，居酒屋也因為飲酒作樂的稻荷而生意興隆。

七

「你們摘了很多很棒的馬鈴薯回來呢。」

幾天後，秀尚和孩子們一起去摘取午餐用的蔬菜，拿著蔬菜和孩子們一起回館內。

「啊，薄緋大人來了。」

「薄緋大人，您要出去嗎？」

走到館前，正好遇到薄緋要外出。

薄緋一如往常輕聲回答孩子的問題：

「是的……要去本宮，馬上就會回來。」

「薄緋大人路上小心喔～～」

孩子們滿臉笑容地目送他，薄緋也回以溫和笑容。

秀尚也點頭致意後，在入口階梯前停下腳步，把手上的籃子放在地上，一如往常地兩鞠躬兩拍手後一鞠躬。

孩子們也學他兩鞠躬兩拍手後一鞠躬。

「那我們進去吧。」

再次拿起籃子，催促孩子們上樓梯時，走下樓梯的薄緋停下腳步，一臉訝異地看著秀尚。

秀尚想著「是怎麼了嗎？」，打算開口時，

「薄緋閣下，原來你在這！本宮傳來消息，希望你到本宮前可以先繞到另外一個地方去……」

守衛稻荷跑過來，薄緋也急忙前往本宮。

秀尚在意著薄緋的反應，和孩子們一起走回館內。

午餐是鮪魚手抓飯搭配炸薯條，還有菠菜和菇類的沙拉。

正如薄緋所言，他在午餐前回來了，和大家一起吃午餐。

午餐後，孩子們跑出去玩，秀尚在薄緋的幫忙下收拾善後。如果薄緋沒有要事，總是會幫他的忙。

開始收拾沒多久，薄緋開口問秀尚：

「我可以問你一件事嗎？」

「是的，什麼事？」

「今天你入館前在階梯下拍手了對吧……那是什麼……？」

為什麼問「那是什麼……？」那不是這裡的規矩嗎？

秀尚邊想著這個問題真奇怪，邊回：

「我剛來這裡時，陽炎先生說入館前要那樣做是這裡的規矩，所以我一直都那樣做耶……」

「是啊……」

「……是陽炎閣下啊……」

薄緋露出「什麼？」的表情。

有種非常討厭的感覺。

正如陽炎說話不正經，他的個性也很不正經。

並非輕薄，而是輕鬆搞笑。

所以對秀尚來說，是相當容易親近的對象。

但秀尚最近才知道，與之同時，他也很愛惡作劇。

常常見他在居酒屋裡捉弄同桌的其他稻荷。

「……那該不會是，騙我的吧？」

秀尚一問，薄緋露出不知該怎麼回答的表情後，有點迂迴地肯定：

「至少我並沒有聽說過這種規矩。」

——那個王八蛋稻荷！

就在秀尚怒火中燒時，

「今天的午餐是什麼？」

因為換班休息，陽炎晚了一點才來拿秀尚替他準備的便當。

秀尚朝著陽炎衝過去。

但其實也只是五步即可抵達的距離。

「咦？怎麼……」

陽炎連問出「怎麼啦？」的時間也沒有，秀尚在剩下一步時跳起身，直接往陽炎身上飛踢過去。

陽炎沒想到會受到如此粗暴的對待，胸口直接承受這一擊。

「喔……噗……」

陽炎因為秀尚的衝勢而腳步不穩地往前屈身，雙手壓住受到膝蓋重擊的胸口。

秀尚用力抓住陽炎的肩膀。

「等等等等等等等！不可以使用暴力！」

親身體認事情非比尋常的陽炎，慌慌張張想要阻止秀尚。

「有話好好說啊，好好說！」

幾乎完全發怒的秀尚對拚了命阻止的陽炎怒吼：

「你為什麼對我說謊？啊？」

但陽炎一臉「搞不懂你在說什麼」的表情：

「咦？說謊……？」

發現視線不停游移的陽炎真的搞不懂是哪回事，薄緋接著說：

「你對加之原閣下說謊，說入館前需要兩鞠躬兩拍手再一鞠躬了，對吧？」

對此，陽炎思考了一會兒之後，才露出「我想起來了」的醒悟表情。

「什麼……你當真了嗎？那只是個單純的稻荷玩笑啊。」

陽炎的回答連藉口也稱不上，秀尚仍保持認真發怒的模式回應：

「你以為當時的我有辦法區分什麼是玩笑話嗎？來到這裡的隔天，連這裡是哪裡也搞不清楚的狀態下，揮動著六條尾巴的人對我這樣說，我當然會相信啊！」

「不對不對，那已經過很久了耶！我根本沒想到你現在還信啊！話說回來，你自己該先覺得奇怪吧？」

陽炎表示秀尚自己也該負點責任，於是秀尚放開抓住陽炎肩膀的手。

「我明白了。」

這句話讓陽炎露出「喔，明白了嗎？」的表情，秀尚冷淡地拋下一句：

「從今天開始暫時沒有便當。」

準備轉頭走回流理檯。

陽炎瞬間抓住秀尚的手。

「喔！等等！只有這個饒了我啊！！」

完全被秀尚抓住胃袋的陽炎眼神無比拚命。

「不要。」

「拜託你啦！我幾乎可以說是把便當當成動力，努力工作著啊，其他什麼懲罰我都接受！」

「話說回來，我的手很痛。」

似乎太拚命了，陽炎把秀尚的手當成握力計在握。

「啊，對不起。」

陽炎慌慌張張放開手。

因為陽炎太拚命，加上知道陽炎就喜歡開玩笑，所以真心生氣好像也有點太小孩子氣。

雖然很清楚這一點，

「我明白了，那麼，請在這邊跪坐。雖然我很想要你跪坐兩小時，但你似乎很忙，跪一小時就好了。」

秀尚滿臉笑容表示。

「都這把年紀了還跪坐……」

「不要也行，只是我還沒氣消都沒便當吃而已，也禁止你進出居酒屋。」

看見陽炎面有難色，秀尚立刻回應。

「如果跪坐就能獲得原諒，算是相當輕鬆了吧……？」

薄緋的音色完全不隱藏他的無言以對。

陽炎說著「這麼說也是」，當場跪坐。

看見他跪坐後，秀尚走回流理檯繼續善後。

平常他整理完就會回房間或是去找孩子們——正確來說是被孩子綁架——但現在要監視陽炎受罰，所以決定準備晚餐。

「喔，在準備晚餐嗎？今晚吃什麼？」

明明正在受罰跪坐中，陽炎卻十分感興趣地開口問。

「不告訴你。」

「看你有那麼多馬鈴薯，是要做馬鈴薯燉肉？不，煮咖哩的可能性也極高。」

大概遠遠也看見中餐沒用完的馬鈴薯吧，陽炎如此推測。

「不管是不是咖哩，都和陽炎先生一點關係也沒有。你今天只拜託我幫你做早餐和午餐便當，我現在要做不會出現在居酒屋裡的菜餚。」

秀尚隱含著「你可別忘了你現在在受罰」的心情冷淡回應。

但陽炎才不會因為這點小事退縮。

「我喜歡咖哩。喜歡放馬鈴薯的普通咖哩，特別喜歡加了花枝、蝦子等海鮮類的咖哩。」

結果只是讓他有機會順便迂迴地拜託秀尚「下次煮那個」。

「……現在跪坐是要你反省耶，你真的明白嗎？」

秀尚皺起眉頭看著陽炎，陽炎點點頭笑著回：

「這我當然明白。」

「在你露出笑容時，就感覺你根本不懂……要不要在你腳下放根研磨棒和擀麵棍啊？」

秀尚邊說邊從調理用具中拿出兩根木棒。

「那根本是酷刑吧。」

「我覺得這樣比較能讓你反省。」

邊說邊接近陽炎時，廚房的門被打開了。

「加之哥哥！給我一點什麼東西吃！」

「想要吃點心。」

是淺蔥和萌黃。兩人直直朝秀尚跑過來，分別抱住他的左右腳。

「點心要睡完午覺才能吃吧？而且你們才剛吃完午餐耶。」

秀尚苦笑著摸兩人的頭。

大概是很開心吧，兩人滿臉笑容，尾巴也開心地搖個不停。
「在外面跑來跑去就肚子餓了。」
「一點點就好了，想要吃東西。」
敵不過可愛央求的兩人，但他什麼也沒準備，
「拿你們沒辦法，等一下下喔。」
秀尚暫時離開兩人身邊，朝冰箱走去。
冷得恰到好處的冰箱裡，小雪女們今天也精神飽滿地工作中，秀尚拿出兩個小番茄，稍微沖洗了一下。
「來，嘴巴張開。」
說完後，淺蔥和萌黃同時張大嘴。
秀尚朝他們口中各丟進一顆小番茄。
「好甜～～」
「好好吃。」
兩人滿臉笑容說著。
「真好，我也想吃那個番茄……」
看到這一連串發展的陽炎跟著央求，聽到他的聲音後，兩人才發現陽炎也在，
「啊，是陽炎大人～～」

咚咚咚跑到他身邊，毫不客氣地分別坐在陽炎雙腳上。

「再怎麼說，跪坐的時候兩個人壓上來也太辛苦了吧。」

變成可愛版抱石酷刑的陽炎苦笑著，但也沒要兩人離開。

守衛的稻荷們，在外面見到孩子時都會稍微陪他們玩，所以孩子們都很喜歡他們。

特別是陽炎幾乎可以說是「和」他們一起玩，所以大概最受孩子歡迎吧。

「陽炎大人，跟你說喔，田裡的『玉蜀數』快要好了喔。」

「加之哥哥說要煮給我們吃。」

兩人笑咪咪說著。

「那叫『玉蜀黍』，因為不是當季食物，所以多花了一點時間，真期待……」

陽炎說話瞬間，露出察覺到什麼的表情，秀尚還來不及問「發生什麼事了」，

「淺蔥、萌黃，過來這邊。」

薄緋走進廚房叫過兩人，等孩子們離開後，陽炎迅速起身走出廚房。

「發生什麼事了嗎？」

肯定發生了什麼事，但秀尚搞不清楚狀況，便只能問薄緋。

「大概是時空又和哪裡連結了，有麻煩的東西闖進來了……」

薄緋有點擔心。

時空連結，也就是發生讓自己來到這裡的相同事情了吧？

「很常出現時空連結的狀況嗎？」

「這個嘛……這個空間本來就不穩定，多少會發生這種狀況，但最近變多了。與之同時，入侵者也變多了。」

從薄緋的態度來看，可以得知這狀況不能等閒視之。

「感覺不太平靜啊。」

秀尚不好意思細問，說完這句話便不再開口，薄緋則仍一臉憂愁。

此時，小小的腳步聲接近，陽炎離開時沒關上廚房門，孩子們直接跑進廚房來。

「大家在外面玩完了嗎？」

秀尚邊問邊迎接大家，

「那個啊，陽炎大人要我們進屋子，然後說有點心可以吃。」

「要吃點心～～」

「點心～～！」

孩子開始七嘴八舌地高喊點心。

大概是為了保護他們不受入侵者傷害才要他們進屋，但沒想到竟然會用點心引誘他們。

「點心啊……我想說睡完午覺才要吃，所以還沒做耶。要不要先去睡午覺？」

秀尚說完後，淺蔥和萌黃也加入大家一起圍成圈圈開會後，滿臉笑容回應：

「要現在吃～～」

「來這一招啊……真拿你們沒辦法。等我十分鐘，我準備一下。」

秀尚苦笑著，拿出預防萬一而事先準備好的各種水果罐頭。

白桃、黃桃和鳳梨切成一口大小，橘子和櫻桃就直接放進碗裡。

接著適量倒入罐頭中的糖水，再倒進蘇打汽水。

「好，大家拿好喝湯的碗來排隊。」

秀尚說完後，大家乖乖拿著碗排好隊，不用特別交代，就會有其他孩子替還是狐狸模樣沒辦法自己拿碗的孩子拿碗，看見這份溫柔，彷彿自己也被溫柔對待而感到開心。

「哇……有好多水果喔。」

看著倒進碗裡的水果汽水，孩子們眼睛閃閃發亮。

移動到餐廳開動後，接著傳來一片歡聲。

「嘴巴裡面癢癢的！」

「嘴巴裡面有小東西跑來跑去的！」

他們似乎是第一次喝碳酸飲料，無比興奮，特別是用喝水方式直接把舌頭伸進碗裡的小狐狸們嚇得繃緊臉。

「啊，對不起對不起，被刺刺的嚇到是不是不太容易喝？幫你們把水果另外放吧。」

秀尚說完後，把壽壽三隻狐狸的水果和汽水分開。

還加上一句「不敢喝汽水留下來也沒關係喔」，但他們理解會有刺激感後似乎就沒關係了，搖著尾巴開心地喝汽水。

就在孩子們轉眼間要把點心吃完時，陽炎和冬雪扶著另一位稻荷現身餐廳。

「薄緋閣下，不好意思，可以借個地方讓我躺一下嗎？」

「……景仙閣下，你受傷了嗎？」薄緋皺起眉頭問。

「是啊，受了點傷。已經處理好了，但希望可以讓他躺個兩、三個小時。」

陽炎說完後薄緋點點頭。

「請到這邊來。大家都已經吃完了，那麼，把空間空出來吧。」

薄緋交代後，孩子們擔心地看著受傷的稻荷，拿著自己的碗站起身。

秀尚和薄緋一起把餐桌往牆邊靠，為了讓他能躺得舒適點，還順便擺好幾個坐墊。

「不好意思……」

受傷的稻荷景仙在上面躺下來。

雖然衣服有點髒，但表面看起來沒什麼傷口。

但他透露出濃郁的疲憊感，秀尚想著「是哪裡受傷了呢？」時，孩子們圍坐在景仙身邊。

「景仙大人，傷口痛痛嗎？」萌黃很擔心地問。

「沒事了，謝謝你們擔心喔。」

景仙這句話讓孩子們露出乖巧的表情。

因為他們非常了解景仙保護了自己。

也知道他是因為守衛的任務而受傷。

「那我們喊痛痛飛走喔！」

說這句話的是個名叫豐峯的孩子，他站起來做出「痛痛飛走喔」後，其他孩子也跟著開始左右擺動身體唱和「痛痛飛走喔」。

絕對不吵鬧，而是用安撫傷患的聲音重複好幾次。

他們的模樣非常可愛，冬雪用「看見超暖心的一幕呢」的口吻說：

「景仙閣下應該全好了吧？有這麼可愛的小朋友們幫你祝福。」

「是啊，就是說，痛痛飛走後，我有點想睡了，謝謝你們。」

景仙道謝後，孩子們害羞地笑了。

「我們讓景仙閣下休息吧，大家也該去睡午覺了喔。」

在薄緋的催促下，孩子們乖乖離開餐廳，當然，平常哄孩子們睡覺的秀尚也一起被帶走。

雖然在意還沒做完點心的善後工作，但薄緋表示「善後這種小事我來做就好」，所以就決定接受他的好意。

正確來說，感覺稻荷們想要討論與入侵者有關的事情，秀尚覺得自己離席比較好。

在兒童房裡鋪好棉被，讓孩子在自己的位置躺好後，秀尚坐下。

秀尚固定睡在孩子們的正中央，他左右睡誰似乎是輪流決定，今天是壽壽和淺蔥。

「流浪裁縫師說，這是一件笨蛋看不見的衣服。」

秀尚唸著孩子拿來的《國王的新衣》繪本，等著大家入睡。

大多時候唸完第一本時，大家都已經睡著了，但今天唸完第一本時，淺蔥還醒著。

「淺蔥怎麼啦？不想睡嗎？」

秀尚避免吵醒其他孩子，小聲問淺蔥。

「……景仙大人，還好嗎……」

淺蔥小聲說，似乎是擔心得睡不著。

「沒事啦，薄緋先生、陽炎先生和冬雪先生都在啊，而且大家也幫他『痛痛飛走喔』了，效果一定很好。」

「……嗯。」

「我覺得他明天肯定會完全康復。」

雖然無憑無據，但也只能這樣說。

實際上，要是狀況相當嚴重，應該也不會帶進來這裡吧。

「是嗎？」

「應該是喔，如果明天見到他時還是沒精神，那就再幫他『痛痛飛走喔』吧。」

秀尚說完後，淺蔥點點頭。

「那再唸一個故事給你聽吧，要聽什麼？」

「開花爺爺。」

回應淺蔥的要求，秀尚拿過繪本。

接著唸故事給淺蔥聽，淺蔥在隔壁的爺爺來借狗前就睡著了。

——這些孩子真的好善良。

秀尚邊想邊闔上繪本，和孩子們一起小睡。

＊

當晚確認孩子們入睡後，回到廚房準備明天的材料時，陽炎來了。

「唷！我來囉。」

「歡迎光臨，你今晚第一名。」

「第一名有什麼特別料理當獎勵嗎？」

「你這是在催促我拿出來吧？」

秀尚一回，陽炎滿意笑著：

「不錯喔，我一說你就懂。」

接著從餐具櫃拿出酒杯，做喝酒準備。

側眼看著他的行動，秀尚炸起晚餐做給孩子們後，剩下的兩個蟹肉奶油可樂餅。

其實原本打算當成陽炎明天的便當菜，但沒有辦法。

瀝乾炸得金黃酥脆的可樂餅的油，附上高麗菜絲後端上桌。

「讓你久等了，這是蟹肉奶油可樂餅。」

「第一次聽到這個名字，從名字推測，裡面有螃蟹囉？」

「不過是罐頭食品。新鮮螃蟹就會用水煮，或是生吃最好吃。」

「我覺得烤螃蟹也不錯喔。」

陽炎說完後，雙手合十說聲「我要開動了」，用筷子切開可樂餅。濃稠的奶油醬散發熱氣，奶油香氣也同時飄散出來。

「喔喔，好香啊。」

陽炎讚嘆後，夾起一半的可樂餅往嘴裡送。

「這個……也太好吃了吧！」

「這樣啊，那太好了。」

秀尚總之先向眼睛閃閃發亮的陽炎道謝。

「我明天的便當也想要放這個。」

大概相當喜歡吧?陽炎如此說，但是，

「不好意思，那原本是我留起來要當你明天的便當菜的，所以明天沒有了。」

「這樣啊……」

陽炎沮喪得超明顯，連因為好吃而豎直的尾巴都下垂了。

「剛炸好的比較好吃，所以現在吃反而好。我明天替你準備龍田揚炸牛肉吧。」

秀尚說完後，陽炎的尾巴又豎起來了。

「那很棒呢。」

看見陽炎立刻笑著回話，秀尚心想「他還真好懂」，也對他因為自己的料理開心而高興。

「啊，說到這個，景仙閣下說你給他吃了好吃的東西，是什麼啊?」

陽炎想起這件事，開口問。

「啊啊，義大利雜菜湯，一種加了很多蔬菜的湯。」

和孩子們一起午睡後，今天比平常早一點起床到廚房準備晚餐時，景仙還在裡面的餐廳沉睡。

秀尚小心不吵醒他安靜準備，邊煮湯邊做奶油可樂餅的餡料時，景仙醒來了。

秀尚知道他們不吃也沒關係，而且景仙從沒來過居酒屋，應該是不吃東西的稻荷，但還是開口問他要不要喝個湯。

如果不喝應該會直說，而景仙回以試探問句：

「那不是孩子們的晚餐嗎？」

秀尚因此判斷他是端上桌就會吃的人，說著：「我有多煮讓孩子可以再來一碗，所以沒問題，我端一碗給你。」把湯端上桌。

「景仙先生的傷勢很嚴重嗎？感覺沒看到血之類的耶。」

陽炎點點頭。

「當場處理已經讓傷口癒合了，但因為要用到他自己的治癒能力，所以非常累。」

「啊啊，所以才需要休息啊。」

「就是這樣。」

「那麼，白天那場騷動相當嚴重囉……」

陽炎說著「是啊」回應秀尚的低語。

「薄緋先生說最近入侵者變多了，是這樣嗎？」

因為秀尚很在意，所以順著話題問出口。

「和先前相較之下多很多，時空連結起來是挺常見的啦……」

「入侵者是……怎麼樣的人啊？」

既然是時空連結才會出現，那就是他們口中的人界，秀尚生活的世界中的什麼東西吧？

——不，也不見得啊……也可能和人界以外的地方相連結之類的？

秀尚在腦海中推理入侵者的真面目時，陽炎喝光酒杯裡的酒後說：

「原本是人類，但說原本也有點奇怪。現在也是人類，但不是實體。」

「不是實體？是鬼魂之類的嗎？」

秀尚想著「瞬間變成靈異話題耶」後問，陽炎稍微思考了一下。

「也不能說是鬼魂耶……在你們的世界中，被負面情緒——憤怒、嫉妒、怨恨這類東西控制的人的思緒會化作怪物的形體，跑到狹間之地來胡鬧。像你這樣整個人闖進來的非常少見，某種意義上來說，你可是價值連城呢。」

陽炎邊笑邊說。

「被人說價值連城感覺不差……是不差，但該怎麼說呢，也有種開心不起來的複雜情緒耶。」

「這麼說也是，我們也想要快點讓你回去，真是對不起啊。」

陽炎意外地向他道歉。

陽炎只要完成新的術式結構就會來挑戰，但目前還沒成功。

即使如此，有好幾次都只差一點點。

「喂！是日本耶！而且時代相當接近喔！」

陽炎說完後，秀尚一看門的那頭，身穿墊肩高高墊起的套裝、頂著羽毛剪髮型的女性闊步走在街上，那是正值泡沫經濟時代的日本。

還有拿著色彩繽紛羽毛扇子——也就是被稱為朱莉扇的女性。

「太好了，這你應該能回去了吧？」

「這可是我出生前的時代耶。」

秀尚回應後，陽炎露出大為驚訝的表情：

「什麼，這時代有那麼久以前了嗎？」

「應該三十多年前了吧？話說回來，你在這個時代也還是孩子吧？」

秀尚以為陽炎只大他幾歲，但陽炎回他：

「不，我已經超過兩百歲了……所以還覺得才不久之前而已。」

對陽炎的年齡驚訝的同時，也想著「神明週期的時間流逝太驚人了吧」。

接下來最可惜的，是時間和來這裡那天一致時。

「喂！天大的好機會耶！」

陽炎說著，硬要把秀尚往門那頭推出去，但秀尚眼前是廣闊的沙漠與金字塔，而且還看見人面獅身像。

「不行不行不行！這是外國！我立刻就會因為偷渡被抓啊！」

在秀尚大喊「我不想要變成前科犯！」後，陽炎才放棄推他。

因為陽炎不太正經，所以總是覺得他在玩，但他可是在忙碌的守衛工作中抽空構想新的術式結構。

現在也是，秀尚無法回去不是陽炎的責任，他卻開口道歉，讓秀尚感到過意不去。

與之同時，秀尚心中的想法也出現變化，他決定要把這件事說出口。

「我剛來這裡時，焦急著想得趕快回去才行，但現在已經不這麼覺得了。」

陽炎聽到秀尚這句話後回問：「什麼意思？」

「該怎麼說呢，孩子們很可愛，包含你在內，大家吃我做的菜都說很好吃……這讓我想著，如果我被需要，那就這樣一直留在這裡也不錯。」

這裡的生活不壞。

與其說不壞，更該說十分舒適。

但陽炎露出相當認真的表情說：

「你那樣不行吧？」

「什麼……？」

陽炎的反應令秀尚十分意外。

因為秀尚總覺得要是自己說要一直留在這裡，陽炎應該會很開心。

「為、什麼？」

秀尚困惑回問，陽炎說：

「你說過你的食譜被前輩偷走了吧？如果你對那件事情一點也不在意就算了，但你相當在意吧？」

陽炎這句話讓秀尚腦海中浮現八木原的臉，下一刻，憎恨與不甘湧上心頭。

「我想，你『想留在這裡』的心情應該是真，但是啊，那份心情的根本，是你想要逃避現實吧？」

被這麼一說，秀尚無法回答。

不是因為他不知道答案，而是被陽炎說中了。

他現在還是對食譜被偷的事情相當生氣。

這件事在秀尚心中完全「還沒結束」。

甚至有種和外祖父母間的回憶遭到踐踏的感覺，而這一點最痛苦。

陽炎對著沉默的秀尚說：

「哎呀，如果你真的完全拋下，對原本的世界毫無眷戀了，那就讓我送你最後一程，讓你成為這邊的人吧。」

才說完，廚房的門被打開。

「咦？你已經來了啊？真早。」

來者是冬雪。

「我正在吃第一名的戰利品，很好吃喔，分一半給你。」

陽炎說著，把剩下的蟹肉奶油可樂餅連同盤子一起推給冬雪。

「第一名有這種獎品嗎？」

冬雪邊坐下邊問。

「是今天陽炎先生自己說的，這其實原本預定要當成他明天的便當菜。」

秀尚說明後，冬雪笑著說道：

「什麼嘛，是這麼回事啊。那陽炎閣下明天的便當菜就只有香鬆了吧？」

「啊，好主意耶，就這麼辦。」

「冬雪！你幹嘛多嘴！」

一看見秀尚同意冬雪的意見，陽炎露出著急的表情。

雖然知道秀尚只是開玩笑，還是會陪著演一齣戲，這就是陽炎的應對方法。

就這樣，認真話題告一段落，居酒屋正式開始營業。

＊

——那份心情的根本，是你想要逃避現實吧？

陽炎這段話，好幾次無預警在秀尚腦海裡重播。

每重播一次，秀尚就反覆問自己到底想怎麼做，非常煩惱。

想留在這裡確實只是「就這樣也無所謂」的心情，而非積極的「就是要留在這裡」。

但想到回去後又要和八木原碰面、一起工作，老實說他真的很不願意。

但只要一回去，不願意也得這麼做。

這麼一來，就得眼睜睜看著那個食譜被當成八木原的創作公開。

他也不想看見食譜受歡迎時八木原被稱讚的樣子，但要是不受歡迎而從菜單上消失也讓他難過。

只要留在這裡，就不需要見到八木原，也不需要為食譜煩惱。

確實如陽炎所說，他是在「逃避現實」。

「加之哥哥，你怎麼了……？」

萌黃一臉擔心地看著秀尚的臉。

孩子們上午的自由時間，秀尚在兒童房裡，幫他們一起組塑膠軌道，讓電車可以在上面跑。

但他一個不小心又煩心地開始思考這些事情。

「沒什麼喔。」

秀尚笑著想讓萌黃安心，但萌黃眼泛淚光地說：

「加之哥哥剛剛的表情好悲傷。」

「加之哥哥打起精神來。」

大概從萌黃的樣子感覺到秀尚不對勁，淺蔥抱緊秀尚。以此開頭，其他孩子們也抱上來，三隻小狐狸也跑到他腿上。

「謝謝你們，我沒事，只是在想一點事情而已。」

秀尚說完後，孩子們相當擔心地問：「真的嗎？」

「嗯，是真的。大家給我抱抱，我已經恢復精神了，謝謝大家。」

笑著說完後，孩子們說著「太好了～～」露出安心表情，又跑回去拼軌道。

在整個房間鋪滿軌道，讓電車順利跑在軌道上後，孩子們齊聲歡呼。

「好想要看看真正的電車喔……」

淺蔥低聲說完後，豐峯眼睛閃閃發亮地說：

「豐峯啊，想要開看看真正的電車～～」

「豐峯長大之後想要成為電車司機嗎？」

秀尚一問，豐峯笑著回答：

「不是，我長大之後想要和陽炎大人、薄緋大人一樣當稻荷！但是到外面去的時候，想要稍微開一下電車。」

「淺蔥長大之後想做什麼？」

秀尚順勢一問，淺蔥想了一下說：

「那個啊，我長大之後，想要變得可以吃更多加之哥哥做的菜！因為我每次都一下子就吃飽了。」他有點不甘心地說著「明明還想吃更多」。

「萌黃呢？」

「我……我想要變得可以看更多很難的書，冬雪大人說，本宮那邊有非常多很稀有的書。」

這夢想還真有室內派且超喜歡繪本的萌黃的風格。

三人說起自己的夢想後，其他孩子們也開始七嘴八舌說自己的夢想。

他們的模樣生氣勃勃。

——我小時候的夢想是成為廚師呢……

受外祖父母的影響，在知道「廚師」這個名詞前，他就隱約想著「我想要煮好吃的東西給大家吃」。

現在的自己，大概屬於實現夢想的人吧？

喜歡煮菜。

這點沒有任何改變。

但是如果可以回去，回到那個職場太令人痛苦了。

可是，想要活下去就得要工作。

想到這裡，八木原的臉又浮現在腦海中，他的心情變得沉重。

「喂喂喂，小秀怎麼啦？在發什麼呆啊？」

晚上，居酒屋的常客稻荷，看見秀尚完全停下做菜的手，不解地歪頭問他。

這位據說常潛伏在人類世界中，觀察不到神社參拜的人有什麼動向的稻荷，受最近潛伏時看的電視節目影響，不知為何帶著娘娘腔的語調。

因為他外表偏中性，毫不突兀的感覺反而讓秀尚覺得有點恐怖。

「啊～～我想到了我在人界的家人。」

「你到這邊也過挺久了嘛，一個半月了嗎？」

「是啊，大概那麼久了。」

剛來這裡時還會算第幾天，自從這邊的生活上軌道後，他已經一陣子沒數了。

不只因為數日子讓人空虛，也因為這邊的生活很開心。

「不知道什麼時候可以回去應該很痛苦吧？」同席的其他稻荷開口問。

「是啊，但在這邊的生活很開心，也沒有那麼痛苦。只是想著再這樣下去，家人應該會擔心吧？」

陽炎和冬雪今晚正在值勤，所以不會來居酒屋，現在在這裡的稻荷，應該都不知道食譜被偷的事。

因為陽炎和冬雪都不是那種會隨口亂說的人。

所以他們相信秀尚的說詞，用力點頭。

「這當然，突然斷了聯絡一定會擔心的啊。」

「哎呀，但也只要回到引起騷動之前的時間就可以了啦。狹間之地最棒的地方就是和本宮不同，這邊的時間流動方法和人界不同。但也因為如此，術式架構相當困難就是了。」

位於神界的本宮時間流動方法似乎與人界相同，所以打開時空之門時，只需要限定地點。

這裡是時間與空間完全被切分開來的不安穩之地。

「陽炎先生那麼忙碌，還特別抽出時間幫我，我覺得很不好意思。」

但開口問問題的娘娘腔稻荷笑著說：

「別在意那種事情，幫助人類就是我們稻荷的使命啊。」

「沒錯沒錯，哎呀，無法順心如意的事情也很多啦。」

在旁的稻荷也跟著插話。

「像大家這樣的神明，果然也會遇到痛苦的事情嗎？」

秀尚鼓起勇氣問出口後，所有人都點頭。

「那當然有，多到數不清啊！」

「雖然人界把我們當成神明看待，但我們被允許的力量相當侷限。舉例來說，掌管人類生死的又是另一群神。所以啊，即使知道在人界遇到的人類，只要稍微絆住他的腳步數十秒就能讓他躲過意外，也只能裝不知道。雖然不常碰到，但那很痛苦啊。」

「我們基本上得在有人祈願時才能行動……但也有很多人等不及我們依著他的願望行動，也遇過來不及的狀況。」

每個人似乎都有許多想法，心裡抱著許多遺憾。

「當你們遇到這種事情很沮喪的時候會怎麼做？」

秀尚一問，其中一人咧嘴一笑：

「當然就是吃美食喝好酒囉。」

「你就算沒事也這樣做吧，但基本上就是這樣啦。」

娘娘腔吐槽之後也跟著同意，一笑。

所有人跟著笑了之後，其中一人苦笑後輕聲說：

「認真地講，就是別困在那個情緒中。不管多慢多沉重，絕對不能停下腳步，要看著前方邁進……神界的稻荷教科書中就這樣寫，雖然也有很多不如意就是了。」

所有人都點頭同意。

「……說得也是。遇到時雖然很困難，但我會試著努力。我現在想要盡全力享受這邊的生活就是了。」

有人用「這樣最好」回應秀尚的話，接著又再度展開愉快的飲酒時光。

做完隔天的準備與居酒屋結束營業，秀尚在十二點半前回到自己的房間。

一到這時間，走廊和房間都是一片黑暗——在孩子們睡著後，就會讓走廊的螢火蟲休息——最近卻會有常夜螢跟著他一起回房間。雖然沒有拜託牠們，但不知從何時開始，總會有一隻螢火蟲跟著手拿蠟燭前進的秀尚走，柔柔地替他照光，所以他現在完全接受牠們的好意。

或許是秀尚常常拿蜜糖給牠們吃，牠們用這種方法回禮吧。

「喔……今天也是膨成一大團呢……」

在螢火蟲的燈光照射下，秀尚房間的被窩鼓成一團。

大概是孩子今晚也跑到他房裡來睡了吧。

最近好好在兒童房裡哄他們睡，確認他們睡著後才會回廚房，但他們總是中途醒來跑到秀尚房裡。

而且一到早晨人數還會變多。

「好啦好啦，可以稍微讓開一點點嗎～～」

秀尚邊說，邊小心不吵醒小狐狸們，把他們往左右兩側挪開以確保自己的睡鋪。

接著像被夾在中間一般地鑽進被窩裡。

螢火蟲確認他躺好後，立刻熄滅燈光。

隔天早上，牠會和秀尚一起下樓。

「螢火蟲晚安。」

說完後閉上眼睛。

身體兩側傳來小狐狸的溫暖，讓秀尚感覺好幸福。

但是，他不知道自己到底該怎麼辦才好。

要是能回去還是回去比較好吧。

即使如此，他還是不想和八木原一起工作。

——申請提早回東京？還是要換工作？

雖然是其中一個方法，但他不喜歡臨陣脫逃的感覺。

可是他也沒有勇氣繼續待在如坐針氈的地方。

——到底該怎麼辦才好……

不停思考著這些事情，秀尚想著想著也睡著了。

八

沒過多久，狹間之地的守衛人數增加了。

裝備也變了，以前頂多只有腰上插著一把刀，現在不僅穿上護胸甲、護臂、護脛，還多了一把短刀。

這戒備森嚴的氛圍，表現出狹間之地現在有多危險。

秀尚曾問過薄緋沒問題嗎?但薄緋只是含糊其詞：「這個，是啊……有句話叫做有備無患啊。」然後結束這個話題。

現在也盡量不讓孩子們到外面玩，允許的範圍真的就是屋子附近，而且能玩的時間很短，除此之外只有一天一次到田裡去採收作物，其他時間一概禁止。

「所～以～說～，就說不可以在走廊上賽跑啊！」

對室內派的孩子來說，不去外面玩還沒太大問題，但室外派的孩子沒辦法盡情活動，身體累積了相當多不滿。

如此一來，直線走廊就是最棒的遊戲場所。

淺蔥和豐峯今天也在玩賽跑。

昨天連室內派的孩子也混在一起玩保齡球。

「可是很無聊啊。」

「我想要在外面玩久一點！」

淺蔥和豐峯嘟起嘴大表不滿。

「沒有辦法啊，外面現在很危險。」

就算這樣說，一看就知道他們不願意接受這種說法。

如此一來，只能轉移他們的注意力了。

「如果你們這麼想要活動身體，那要不要來幫我做點心？」

秀尚說完後，「點心」這兩個字讓兩人眼睛閃閃發亮。

「要幫忙！」

「點心！點心！」

秀尚帶著開心得又叫又跳的兩人朝廚房前進。

「加之哥哥，要做什麼？」

「要幫忙什麼？幫忙試吃嗎？」

「試吃是最後，總之去拿椅子過來，等到要你們幫忙前都在這邊乖乖坐好。」

秀尚如此說，看見兩人乖乖在工作檯前坐下後，開始準備做點心。

從冰箱拿出牛奶和雞蛋，把蛋黃和蛋白分開。小火加熱牛奶，接著加入砂糖，邊注意不要讓溫度過高並攪拌到砂糖融化。

砂糖全部融化後關火，放到工作檯上。

接著拿扇子給淺蔥和豐峯。

「拿去，你們兩個幫忙把這個牛奶搧涼一點。」

秀尚說完後，兩個孩子無比拚命，毫不猶豫地全力搧扇子。

秀尚邊看邊打散蛋黃。

確認幾次牛奶溫度，冷卻得差不多之後加入蛋黃混勻，再次加熱。

「加之哥哥，這是什麼？」

淺蔥問。

「你覺得是什麼？」

反問後，淺蔥和豐峯開始各種推理。

「因為是點心，所以是甜的。」

「有牛奶、砂糖和雞蛋，所以……」

把看見的材料說出來也不知道可以做成什麼，最後做出「是甜的什麼東西」的結論後，液體正好煮到適當的濃稠，又再次離開火爐。

接著打開冷凍庫拿出冰塊放進大調理盆中再加水，接著把鍋子放上去放涼。

拿來另一個調理盆同樣放入冰塊和水，放在兩人面前。

「冰塊和水。」

「感覺好冰……」

兩人朝調理盆內看，秀尚把鮮奶油倒進另一個調理盆中，放在剛剛放入冰水的調理盆上。

「好，你們兩個努力用這種感覺攪拌這個。」

秀尚先示範之後，把打蛋器交給兩人。

兩人一開始氣勢勇猛地瘋狂攪拌，但速度立刻緩下來。

「不攪拌得快一點可不行喔。」

秀尚一說，他們皺起眉頭，「可是累了啊。」

打一開始就知道孩子們無法成為戰力，正當秀尚要說「那換手」時，其他孩子打開門進來了。

「啊！找到淺蔥和豐峯了！」

「你們兩個好壞！你們在吃什麼？」

對孩子們來說，在吃飯和吃點心以外的時間來廚房等於來偷吃東西。

所以他們以為今天也是這樣，但當秀尚說「今天是讓他們來幫我忙喔」後，萌黃第一個表示「我也想要幫忙！」其他孩子也跟著說。

因此，開始讓孩子們輪流挑戰打鮮奶油。

狐狸模樣的孩子沒辦法幫忙，就在旁邊加油打氣，還不會說人話的壽壽就輪流到做完工作的孩子腳邊磨蹭，彷彿表示「辛苦了」。

輪了三圈之後，由秀尚接手，打到六分硬時，倒進冷卻的牛奶液中混勻。

「這個是在做什麼？」

萌黃問。

「那麼，差不多該告訴大家答案了，我是在做冰淇淋喔。」

秀尚說完後，孩子們露出錯愕的表情。

「啊～～你們沒吃過啊？冰冰甜甜的很好吃喔。還要一點時間才會完成，先等等喔。」

秀尚把冰淇淋原液倒入鐵盤中，放進冷凍庫。

「小雪女，可以麻煩妳們冷卻這個嗎？」

因為每個小雪女自然散發的冷氣而冰冷的冷凍庫內，是小雪女們的休息處。利用這可以冰凍所有物品的冷氣來當冷凍庫用，對小雪女們來說是小事一樁。

對著頻頻點頭的小雪女們說聲「拜託妳們了」後，蓋上冷凍庫的蓋子。

「冰好之後就完成了嗎？」

「就可以吃了嗎？」

孩子們一臉期待地問。

「冷凍之後要攪拌，然後再冷凍後再攪拌才可以耶……要花一段時間喔。」

非常明白說出具體時間只會換來噓聲，所以秀尚含糊帶過。

「那在那之前要幹嘛？」

「想要去外面玩！」

「嗯，想要去外面玩！」

就在孩子們開始說起大人不希望的消磨時間法時，有客人走進廚房。

是冬雪。

「冬雪先生，怎麼了嗎？」

「休息一小時，回本宮有點麻煩，所以想說讓我在這邊休息一下，可以嗎？」

這句話讓秀尚靈光一閃。

「可以啊，那你可以答應我一個請求嗎？」

「什麼？」

「想要請你在兒童房唸繪本給他們聽，哄他們午睡。你也可以順便小睡一下，如果你答應我的請求，我就把現在正在做的冰淇淋分你一點。」

大概是美食誘惑起了效果，「不錯呢，那大家，我們回兒童房去吧。」冬雪露出無比燦爛的笑容，帶著孩子朝二樓的兒童房移動。

廚房剩秀尚一人後，他開始整理用完的工具，但看著面前還沒融光的大量冰塊，稍微想了一下。

還在飯店時，因為製冰機裡隨時有大量冰塊，用完就丟，但想到這是小雪女們做出來的東西，就沒辦法輕易丟掉。

「啊，對了。」

秀尚想到一件事，拿出之前來居酒屋的稻荷帶來要給孩子們用的剉冰機。

接著用剩下的冰塊做成剉冰，但不是要拿來吃，而是把剉冰貼在大蓋飯碗的內側，做成剉冰製的碗。

先連碗一起冰進冷凍庫裡結凍，要攪拌冰淇淋時一起拿出來。

從碗中拆下來時完成漂亮的冰碗形狀，接著挖除一部分冰做出入口。

「嗯，感覺不錯吧？」

雪屋就完成了。

把攪拌過後的冰淇淋冰回去時，也把完成的雪屋放進小雪女們休息用的冷凍庫中。

「在冰箱裡工作之後會很累對吧？如果不嫌棄，請在這裡面休息。」

說完後，小雪女們露出「戀愛了」的表情看著秀尚。

接著頻頻鞠躬後，午餐後剛回到冷凍庫裡的四個小雪女立刻進入雪屋。

「好好休息喔。」

秀尚說完後再次蓋上冷凍庫的蓋子。

大約過了一小時，冬雪再次現身廚房。

「我讓大家繼續睡，應該可以吧？」

「啊，是的，大概三十分鐘後我再去叫醒他們……冬雪先生，你有好好休息嗎？」

他是來休息的，卻讓他幫忙照顧孩子，秀尚覺得有點過意不去，

「有喔，唸完第二本時大家都睡著了，我也跟著他們一起睡。」

秀尚聽到他的回答後鬆了一口氣。

「多虧有你，好吃的冰淇淋完成了，請用。」

秀尚遵守承諾，把冰淇淋放在盤子中端給冬雪。

「謝謝，我開動了。」

冬雪相當有規矩地雙手合十說完後，接過盤子，把冰淇淋送入口中。

「啊啊……冰冰甜甜的好好吃喔，感覺不管多少都吃得完。」

「其實是要用香草籽來增添香氣，但沒準備到那邊去……」

「這樣已經夠好吃了，疲勞感全趕跑了。」

秀尚對笑著的冬雪再次提出被薄緋含糊帶過的問題：

「大家的裝備都變多了……是變危險了嗎？」

「這個嘛，不到需要擔心的程度，但前一陣子景仙閣下不是受傷了嗎？所以是為了慎重起見。」

冬雪又接著說「又重又誇張，我是很討厭啦。」但他總覺得不光只是這樣。

但感覺再問也問不出所以然，或許是不能讓秀尚知道的事情吧。

「說得也是，需要充分準備……請多小心喔。」

秀尚僅回了相當懂事的回應。

*

這幾天，沒發生時空連結的事情，相當平和。

不，只是時空沒有連結而已，一點也不平和。

小狐狸們的壓力已經到達極限，連室內派都開始在走廊上亂跑了。

所以說，最近狀況也比較穩定，也就允許他們可以在屋子附近玩。

加上今天天氣好，孩子們從早就在外面活潑玩耍。吃午餐時回來過一次，吃完午餐後又立刻出去了。

「還真是有精神呢……」

秀尚邊說邊想著「今天應該會馬上睡著吧」。

小孩不到外面玩就不太會累，晚上精神飽滿不願意睡覺，這幾天都讓秀尚傷透腦筋。

「就連室內派的萌黃也跑出去玩了，可見他們的體力有多過剩……」

這麼全力玩耍，肚子也會很餓吧？

——今天準備豐盛的肉食吧，然後點心是布丁……

思考著要做什麼配菜，正在做準備時，沒過多久，淺蔥和萌黃跑進廚房來了。

「加之哥哥、加之哥哥，我肚子餓了！」

「請給我一點什麼東西吃。」

非常簡潔地直接要東西吃。

「肚子餓了？午餐不是吃得很飽嗎？」

大概是早餐後玩得太起勁，大家午餐都比平常吃得多。

結果還跑來說肚子餓了。

「但是就肚子餓了嘛。」

「肚子餓了。」

對傾訴肚子餓了的兩人唸著「真拿你們沒辦法」，秀尚從冰箱裡拿出兩根小黃瓜。

把小黃瓜放在砧板上抹鹽滾動搓揉，接著把鹽巴沖掉後拿給兩人。

「拿這個去吃吧。」

「什麼～～小黃瓜？」

淺蔥相當不滿，但當秀尚做出「不要就拉倒」要收回去的動作時，他急著搶過去放進口中。

「好好吃～～」

「冰冰的好好吃。」

雖然嘴上抱怨，兩人卻咖滋咖滋地啃著小黃瓜。大約吃掉三分之一時，

「啊～～！他們兩個在吃小黃瓜！」

「我也要吃～～！」

又有三個孩子跑進來，接著開始莫名連聲喊起「小黃瓜、小黃瓜」。

這麼一來，不給他們吃也不行了，秀尚只好再從冰箱裡拿出小黃瓜，抹鹽搓揉沖水後拿給他們。

「吃完這個之後，再去……」

話還沒說完，感覺到什麼異樣的氣氛。

還想著孩子們的耳朵和尾巴怎麼豎起來了，

「呀啊啊啊啊！」

「不要啊啊啊！」

屋外傳來孩子們的叫聲。

立刻猜到發生什麼事了，秀尚反射性地抓起砧板和菜刀衝到外面去。

出現在他眼前的是相當異樣的光景。

走下萌芽之館大門前的階梯後是個通道，通道旁應該種植著各式各樣的果樹才對。

但如同被胡亂撕毀一般，從一個地點往前，是一片彷彿解析度低的水彩胡亂混成一團的異樣空間。秀尚第一次看到這個，大概是和哪個時空相連結了。

而那個空間的中央，有個動作詭異的東西。

他有像是人頭的東西，但感覺不是人臉。嘴巴大張，看似亂髮的東西是上百條長蜈蚣。身體到一半還像是人類的上半身，但從肋骨長出好幾條像是手臂的東西，肋骨以下是和蜘蛛一樣鼓脹的腹部，整體呈現混濁黑色。

「大家快進屋裡！」

嚇得動彈不得的孩子們聽見秀尚的聲音後往屋裡跑，怪物頭上的蜈蚣飛出來阻止孩子的去路。飛出來的蜈蚣變得相當巨大，蠕動身軀擋住一隻小狐狸。

「小壽！」

來不及逃跑的就是壽壽。

來不及逃跑的壽壽往萌芽之館的反方向逃走，怪物也追上去。

確認這一點後，一股怒氣往秀尚腦海衝。

「你這個怪物，給我等等！」

喊完後，秀尚使盡全力把手上物品丟出去。

看見丟出去的東西漂亮地砸中怪物時，秀尚不禁「啊」了一聲。

──糟糕，丟錯了，把砧板丟出去了！

但為時已晚。

想要追壽壽的怪物往砧板飛來的方向看過來，發現秀尚後，往這邊接近。

──在這邊會傷到建築物！

秀尚如此判斷後全力奔跑，把自己當成餌，引誘怪物遠離建築物和壽壽。怪物發出不知道是叫聲還是什麼聲音的「咻喔喔喔喔」噁心聲響，追逐著秀尚。

它的速度比想像還快，剛剛阻擋壽壽去路的那蜈蚣也飛過來了。

「真的有夠噁心！」

蜈蚣和剛剛一樣變得巨大，這次變成只小秀尚沒多少後，抬高三分之二的身體恫嚇。

秀尚毫不留情地拿起菜刀砍斷這個蜈蚣。

接著轉過頭胡亂揮動菜刀恫嚇怪物。

「你這個混帳傢伙！難道只會欺負弱小嗎？」

陽炎曾說過，侵入這塊土地的是人類負面情緒具體成型後的東西，也就是說，這些源自於「人類」。

一想到這點，同為「人類」的秀尚就無比生氣，覺得「憑什麼帶給別人困擾啊」。

「別以為就只有你不幸啊！每個人身上多多少少都背負著不幸！別把自己當悲劇主角帶給別人困擾啊！」

秀尚痛罵時，怪物也想要攻擊他。看見肋骨長出來的東西伸長，才知道那像手臂的東西是蛇而不是手臂。

「和蛇融為一體，從生物學上來看也錯過頭了吧！」

用菜刀砍下伸過來的蛇頭，雖然是切菜刀，但多虧秀尚每天細心磨刀，他在奇怪的地方開始感謝起自己。

蛇頭被砍落後，怪物一瞬間退縮往後退。

但就在此時，又感受到在廚房時感覺到的怪異感，怪物旁的空間裂開，有什麼東西從裡面出來了。

那是一個長著好幾個蠶蜥般的爬蟲類的頭部，是很像牛的生物。

不對，只是外型像牛，但是身體的部分四散著好幾人份的人類眼睛、鼻子和嘴巴。

——啊，這個很不妙。

不對，打從一開始就很不妙。

這個「不妙」極端一點說就是「可能會死」。

怪物還只有一隻時，已經想不出該怎麼逃脫了，出現第二隻後根本逃不了。

牛形怪物身上所有蠶蜥頭上的眼睛全盯著秀尚，蠶蜥舌頭吐動的瞬間，秀尚很確信自己「會被殺」。

但下一個瞬間，秀尚隨著巨大衝擊趴倒在地上。

「痛……」

「別動！」

當他想要確認是什麼狀況時，聽見陽炎的怒吼。

地面冒出的綠草映入眼簾。

以及，跪在秀尚面前護住他的陽炎背影。看來秀尚是被陽炎撞飛的。

「陽炎閣下，趕快唸捕縛咒！」

雖然沒看見身影，但聽見冬雪的聲音。

陽炎的手在空中畫出什麼之後，先是蜘蛛怪物一分為二，彷彿打一開始就不存在般消失得一乾二淨；接著，蠶蜥頭的牛形怪物也以格子狀四分五裂，同樣消失無蹤。

「真是的……你還真亂來啊……」

陽炎說道，但他的聲音似乎有點痛苦。

「陽炎、先生……」

秀尚抬起身體想要查看他的狀況時，陽炎身體往前倒，手撐在地。

「陽炎先生！」

秀尚慌慌張張查看，大概是保護秀尚時承受攻擊，他身上的護胸甲碎裂，衣服也被黑煤般的東西弄髒。

「陽炎閣下！」

飛越仍裂開的時空歪斜處，冬雪跑過來。

「陽炎閣下，你還好嗎？」

「死、不了……但也、沒辦法說、沒事……如果是保護可愛的女生、也就、罷了啊……」

聲音透露出痛苦，即使如此還是要開玩笑。

「好啦好啦，我知道了，總之先做緊急處置，再帶你回館內……喔，在這之前要先把時空裂縫關起來才行。」

冬雪留下一句「你等一下」，便在空中畫起圖樣，裂開的時空隨著他的動作闔上，立刻恢復原有的風景。

「久等了，會有點痛喔。」

冬雪闔好時空後，手輕輕擺在陽炎胸口。

「……痛……！痛痛痛！冬雪！你這傢伙！」

「我說了會痛啊！加之原有受傷嗎？」

冬雪看向秀尚，秀尚趕緊搖頭。

薄緋和其他守衛稻荷此時趕到，陽炎在冬雪和那位稻荷的攙扶下回到館內。

但陽炎不是如先前景仙那樣被帶進餐廳，而是被送入位於館內的治療房。

據冬雪說，這裡有治療所需的術式結界。

這也表示，陽炎的傷比景仙更深吧？

實際上，緊急處置還不夠的部分，又重新再次處理。

而秀尚也因為近距離與怪物對峙，當時可能在不知不覺中受到瘴氣影響，也稍微接受了治療。

說是治療，也只是冬雪將手指輕輕壓在他額頭上而已，他也搞不清楚東西南北，但冬雪保證說他已經沒事了。

「但話說回來，沒想到你竟然拿菜刀對付怪物耶，如果是拿切魚肉的刀我還能理解。」

陽炎有點傻眼地開他玩笑。

但他的臉毫無血色，相當蒼白。

「因為我剛好在切蔬菜啊……」

「但多虧有你幫了大忙……我人在後面，所以晚了一步才反應過來，聽孩子們說還有人來不及逃，眼看差點就來不及了。」

薄緋說道。

「啊……小壽呢？沒事嗎？」

秀尚想起壽壽來不及逃跑，慌張地問，薄緋點點頭：

「沒事，他相當擔心你，看見你平安回到館內似乎是安心了。」

「太好了……」

秀尚鬆了一口氣。

「但你真的幫了大忙。我們最近重點巡視頻繁發生時空連結的地方，而且萌芽之館周邊比其他地方的防護措施還強，我們原本以為應該沒問題。」

冬雪憂愁地說著。

「這次大概是朝防護牆弱的界線攻擊吧。」

陽炎低語。

「與其說是時空相連結，不如說最近有種撕開時空闖進來的感覺。」

冬雪也點點頭回應，這之中，

「那個……有根本上打敗這些傢伙，就是不讓他們闖進來的方法嗎？」

秀尚一問，三人彼此露出有什麼秘密的表情。過了一會兒，陽炎才開口：

「這裡原本就是不安穩的空間，小變異都會改變平衡。而這次的平衡變得特別奇怪，原因就在你身上。」

「我……？」

「只要有什麼反常的東西跑進來，就會打壞這個勉強保持住的平衡……你之前不是說過，你來這裡前在職場上發生不愉快嗎？抱著負面情緒來到這裡的你變成磁鐵，與人界中抱持負面情緒的東西共鳴後，就造就了這個吸引他們進來的結果。」

陽炎這段話讓秀尚睜大眼睛。

「是、因為我……嗎？」

冬雪連忙搖頭。

「不是，但說不是你，也不能完全說不是，但也不能說是因為你，因為這裡原本就是不安穩的空間。我們稻荷基本上連身體也是由『氣』組成的，但孩子們的身體並非如此，他們是活生生的實體。既不能讓他們太靠近神界，也不能太靠近人界，所以才會刻意在不安穩的地方創造空間，這也是原因之一。如果不是在這裡，也不會出現這類問題……」

「或許可說是相乘效果吧。」

薄緋面帶愁容地說。

「總之我們先強化這邊的防護，但不能保證不會再出現相同的東西。」

「我還是第一次看見那麼醜陋的怪物。」

聽到陽炎這句話，冬雪呢喃說道。

「那應該是完全瘋狂的人吧，那種等級光靠強化防護應該也無法彈開，要是強化過頭又可能對孩子造成影響。」

陽炎說到這，看著秀尚：

「你之前曾經說過，就這樣留在這裡也無妨，對吧？」

「……對。」

「你下定決心了嗎？」

秀尚沒辦法回答這個問題。「……不，那個……」只能回以含糊不清的答案。

「事情發展至此，我認為不是趕快把你送回去，就是結束你的生命，讓你完全變成這邊的人。如果你認真想回原本的世界，我們就需要拜託本宮的白狐大人過來這邊，打開你原本的時間與場所的時空……但這個空間沒辦法承受九尾白狐大人的力量，所以需要一點時間準備。」

秀尚沒辦法回答要選擇哪一個。

想到因為自己讓陽炎受傷，也讓孩子們面臨危險，他認為自己還是回去比較好。

但是，他心中也有著不想回去的想法。

「這不是能夠馬上下決定的問題……我們先以迎接白狐大人前來為前提做準備吧。在我們做好準備之前，如果陽炎閣下打開了加之原閣下可以回去的空間，也可以直接回去，如此一來，我們也不需要擔心被白狐大人知道後會有麻煩事。在那之前，如果加之原閣下下定決心要留在這邊，到時再結束他的生命就好。」

薄緋下了總結。

「嗯，就是這麼一回事。既然有結論了，那就讓我睡一下吧，晚餐替我煮些補充精力的東西啊。」

陽炎笑著說完後，

「怎麼吃也吃不胖，你的身體太浪費食物了。」辛苦維持身材的冬雪憤怒說道。又接著對秀尚說：「煮粥給陽炎閣下就好了。」接著輕拍秀尚的肩膀，要他離開房間。

「我明白了，我會煮很好吃的粥。」秀尚說完後，獨自先離開治療房。

一出房間，孩子們全聚在走廊上，一臉擔心地問：

「加之哥哥，陽炎大人受傷了嗎？」

「還好嗎？」

「……稍微休息一下就沒事了。之前景仙先生也是，稍微睡一下就好了啊，對不對？」

說完後，孩子們雖然還是一臉擔心，但也接受了這個說法。

「在這邊說話會吵到陽炎先生睡覺，我們到二樓去吧。」

秀尚催促著孩子，把他們帶到二樓的兒童房。

平常一進房間就會跑來找他玩的孩子們露出奇怪的表情，以秀尚為中心圍成一圈坐。

「大家怎麼啦？」

這和平常不同的氣氛讓秀尚開口問，眼眶中蓄滿淚水的萌黃問：

「……加之哥哥，你要回去了嗎……？」

「什麼？」

「我們在治療房前聽見了，說加之哥哥要回去了。」

淺蔥進一步說明。

既然他們聽見了，就只能實話實說，秀尚下定決心後開口：

「……雖然還不知道……但是大概會回去吧。」

聽到秀尚的回答，孩子們一起放聲大哭。

「不要回去啦！」

「要一直在一起～～！」

孩子們邊哭邊抱上來。

「還不知道啦……別哭了。」

試著這樣說，但孩子們一哭之後的連鎖反應根本停不下來。

為了安撫孩子，秀尚摸摸這個的頭，又拍拍那個的背，但還是演變成「不要、不要」爆哭大會。

一想到孩子們如此這般挽留他，讓秀尚的心情更加搖擺不定。

如果不回去，孩子們又會遇到危險吧？

但是，他也不想回去。

雖然這樣說，他現在也沒辦法積極接受「就這樣成為這邊的人」。

他還想再見一次外祖父母與雙親，希望別讓他們擔心。

「大家，別哭了。」

不知該怎麼處理自己無法收拾的心情的同時，他也要安慰孩子們。大概是從早上開始玩耍，以及哭累了吧，過不久孩子們就從嚎啕大哭轉為啜泣，一個接著一個睡著了。

看孩子們睡著後，替每個人蓋上棉被，秀尚離開兒童房。

走到廚房來。

因為發生騷動，他的準備進度完全落後。

——主菜是炸豬排，旁邊要加上高麗菜絲，然後煮味噌湯……

他在腦海中複誦著今晚打算要做的菜單。

因為步驟全在腦袋中，只要決定菜單後，身體就會自己動起來。

把豬肉塊按人數切好份數，稍微醃漬後放一下，接著沾麵衣。

秀尚只動手，靜靜地重複這做慣的步驟，腦袋完全想著不同的事情。

那就是「要留在這裡，還是要回去」。

——我到底想要怎麼樣？

首先，根本搞不清楚這一點。

無法選擇，是因為兩者皆有優點，也有讓他苦惱的點。

他認為回去是最符合道理的選項，他一直在那邊生活，也有家人，但無法下定決心選擇回去，果然還是因為八木原那件事。

他能有百分之百的自信說那是他的食譜。

但他沒有證據證明。

一想到得因此接受不當對待、周遭的訝異視線，他現在仍舊氣到快要爆炸。

所以不想回去。

雖然這樣說，可一想到家人，他也沒辦法直言說要留下來，特別是不想讓高齡的祖父母擔心。

——如果可以暫時回去，和外公、外婆說說話，我可能會選擇一直待在這裡生活吧……

突然冒出這個想法。

就算不能說出實話，但只要編出要到國外學習等差不多的理由讓他們安心，之後就可以一直在這邊生活了嗎？

——不，只有這樣還不能說出要住在這裡……

到底是什麼替自己踩煞車呢？

他在這裡被需要，孩子們也很黏他。

也交到稻荷朋友們——或許不能隨意這樣說吧——可以在這邊開心生活。

只要能讓家人們不擔心，他應該就能選擇留在這裡生活，他卻發現還是有個不想選擇的自己。

——為什麼……？

到底是什麼讓自己對人界有牽掛？

是因為留在那邊的人們嗎？

但是，如果選擇回去那邊，對留在這邊的孩子們也會有相同的心情。

有什麼更重要的東西讓自己迷惘。

「我的遺憾到底是什麼……」

輕聲問自己。

過去的夢想是和外公一起站在店裡的廚房做美味料理。

雖然沒有實現，但他現在在飯店廚房裡從事料理工作，就算不是他最期待的樣子，也算實現夢想了。

自己到底想要什麼？

是繼續學習，得到更多人認同，成為飯店裡的總廚嗎？

──不，不是這樣。

從事廚師工作，如果將來會爬到那個地位應該是最棒的吧？但他也不想要以這個為目標。

那麼，到底是什麼呢？

自己心中的遺憾到底是什麼？

自己明明還沒有做出任何會讓自己有遺憾的事情啊。

這麼一想時，突然有一句話出現在他腦海中。

──覺得沒有遺憾了才關店，所以雖然有點寂寞，但我們可是神清氣爽得很呢。

這出自他前往讓他闖入這裡的神社前，中途停下來吃中餐的餐館老闆口中。

想到這段話的同時，他也理解了。

自己在原本的世界仍一事無成啊。

還沒做出任何一件讓他覺得「毫無遺憾了」的事情。
所以沒辦法說出要留在這裡。
依賴待在這裡的舒適感——陽炎或許就是看穿這一點，才會說他「逃避現實」吧？
而他也的確說中了。
包含八木原的事情在內，他想要逃避所有討厭的事情。
依賴著「沒辦法回去」的免死金牌，待在這個舒適的地方。
因為心中哪處理解著這一點，罪惡感讓他無法直言他要留在這裡。
「啊啊……原來如此。」
散亂成一團的拼圖，漂亮地拼湊起來了。
接著，秀尚如是想。
回去原本的世界吧。

＊

「加之哥哥、加之哥哥，只要把這個繞圈圈攪拌就好了嗎？」
萌黃跪在工作檯前的椅子上，拿著打蛋器，手指著料理盆問。

「嗯，輕輕繞十圈。」

「好！」

聽完秀尚的指示後，萌黃笑著回答，「一圈、兩圈」邊數數邊攪拌盆內的東西。

在椅子旁的壽壽，頭也跟著上下點，和萌黃一起數數。

秀尚請萌黃幫忙攪拌的，是要做鬆餅的粉漿。

決定要回去後，秀尚開始輪流教孩子們簡單的調理法。

就算秀尚突然回去，只要稍微記得幾個調理的方法，就算沒辦法立刻辦到，將來孩子們總有一天有辦法做到吧？

考慮到那時的事情，秀尚也開始以涼拌類、沙拉類料理為中心寫下食譜。

雖然做著這些準備，但他沒對孩子坦言。

就算不知道會是什麼時候，但他已決定只要時機一到就要回去了啊。

——他們絕對會哭……

在那之後也發生數次時空相連，出現入侵者。

雖然不如那時醜惡，但仍是劍拔弩張。

所以，現在這裡正秘密進行能迎接白狐到來的強化措施。

九尾狐的力量相當驚人，就算所有六尾狐齊力抗衡也贏不過。

擁有九尾的白狐來到這裡，會讓這塊不安穩的土地更加脆弱，也可能出現空間崩壞的危險。
大約需要兩個月才能做好準備。
只要白狐一來，不管願不願意，秀尚都得回去。
反過來說，只要陽炎沒有剛好巧妙地成功開啟相對應時空，秀尚在這兩個月內還不需要做出結論。
他當然下定決心要回去，但也想要在白狐來之前開心度過每一天，所以決定不對孩子們說。
「十次！加之哥哥，我轉十圈了！」
萌黃滿臉笑容地稟告。
「謝謝，那我們不要告訴其他人，試著煎一個小的看看吧？」
幫忙的特權就是試吃，萌黃笑著點頭後還拜託：
「也請煎一個給小壽。」
「這當然，因為小壽也幫忙數數了啊。」
秀尚一說，壽壽也開心地搖尾巴。
——能像這樣做點心的時間，也所剩不多了啊……
秀尚邊想邊著手煎鬆餅。

開始過起不留下任何遺憾的生活幾天後。

「我這一次去請教本宮相當擅長術式的稻荷，所以有點自信喔。」

今天沒當班的陽炎，來到廚房自信滿滿地說。

他的傷在隔天完全恢復——更正確來說，當晚照冬雪建議做好粥端給他時，「什麼，是粥啊……」他已經有精神得明顯失望，連秀尚想著只有粥太少而加上的煎蛋捲也全部吃完，甚至還說吃不夠。

所以現在可說是已經完全康復了。

而陽炎口中有自信什麼的，當然是指時空之門的事情。

雖然已經把向白狐坦承一切列入考慮，但仍維持「盡量還是在避免讓他知道的情況下進行」。

因此，在這之前原本只能偷偷調查、思考術式結構，一想到將來可能還是得告訴白狐，於是就有了「反正最後都要說出來，那就去請教精通的稻荷吧」的想法。

而從陽炎口中聽見狹間之地發生什麼事的稻荷，似乎說著「我們盡量朝不讓白狐大人得知這件事情的方向進行吧」，相當親切地替他們想辦法。

「如果這還行不通，就只能朝向白狐大人坦白的方向走了，你就知道我多有自信了。」

陽炎一臉驕傲地說著，秀尚接著吐槽：

「當你不是用『報告』而是用『坦白』時，就覺得裡面含意甚深耶。」

這之後，陽炎回以再合理不過的回答：

「實際上讓白狐大人知道後會很麻煩啊。和那位大人扯上關係，小火苗都會變成大火災，而且我們也會被質問為什麼要隱瞞你的存在……」

秀尚不知道白狐這個稻荷是怎麼樣的人……喔，是怎麼樣的神，總之他理解到要是被白狐知道就非同小可了。

就算不說這個，光隱瞞秀尚的存在就已經是相當嚴重的問題了。想到這點，也能理解他們不想要讓治理本宮的白狐知道。

「不好意思，讓你們鋌而走險了。如果被白狐大人知道，你會受罰之類的嗎？」

雖然不是自己要來這裡，但秀尚覺得因為自己給大家添了許多麻煩，也讓大家遇到危險。

要是還會受罰，秀尚就更覺得相當過意不去。

看見秀尚道歉，陽炎露出相當不自在的表情。

「你這麼老實讓我覺得有點可怕耶。」

「在你心中，我是個怎麼樣的人啊？」

不明白老實道歉為什麼會被覺得可怕，所以開口問。

「怎麼樣……突然朝稻荷飛踢，拿菜刀砍怪物的勇猛傢伙。」

「第一個是你有錯在先，菜刀是拿來自衛。」

「你就要像這樣面不改色地回嘴才對。」陽炎笑著表示。

「這感覺不是在誇獎我耶。」

「這當然，因為我不是在誇獎你啊。」

「今天端鹽巴出來當下酒菜也可以喔。」

秀尚一說，陽炎回：

「不，說不定你今天晚上已經不在這裡了。」

「你對今天的術式那麼有自信啊？」

「是的，與其說是我，應該說是想出這個術式的稻荷說，如果這還不行就放棄吧。所以說，你做好覺悟了嗎？」

「喔……嗯，基本上做好了。」

秀尚下定決心要回去。

但因為陽炎至今失敗無數次，所以他並沒什麼真實感。

「你把要帶回去的東西拿來這裡比較好喔，精準度上升後，開門的時間也會變短。」

「大概多久？」

「三十秒左右吧。」

聽完，秀尚稍微思考後開口：

「可以等我一小時嗎？我把做到一半的這個完成。」

秀尚正在做大家的晚餐。

如果真的要回去了，不先完成，留著半成品也沒辦法吃。

「你的態度真的毫不動搖耶。」

陽炎雖然有點傻眼，但也說著「那你準備好之後再跟我說」，拿張椅子在工作檯前坐下。

秀尚邊做菜，邊確認冰箱裡的常備菜，接著在筆記本上寫下什麼時候該吃完，以及用冰箱裡事前處理好的食材可以做哪些簡單料理的食譜。

雖然隔水加熱等用火步驟得請薄緋代勞，但這個小步驟應該不至於讓問題的「神氣」跑進食物裡吧？

剩下的，就可以用孩子們也會的美乃滋涼拌或其他方法處理。

「然後，小雪女們換班的時間是午餐過後，這樣……就好了。」

寫完料理與其他事項的筆記後，秀尚看向陽炎：

「讓你久等了，那麼請開始吧。」

「你不用去拿來這裡時帶來的行李嗎？」

「啊～～那我姑且去拿一下。」

「你完全不相信我吧？」

對苦笑的陽炎拋下一句「請稍微等一下」後，秀尚回到自己房間拿起一起帶來這裡的背包，又走回廚房。

「讓你久等了。」

「不用換衣服嗎？」陽炎又問。

這是因為秀尚身上穿著向這裡借用的作務衣。

「啊～～……如果拿一套回去當紀念會有問題嗎？如果回到那邊的瞬間衣服就會消失讓我全身赤裸的話，那我就換個衣服……」

「不，你覺得好就好，那麼，我要開始囉。」

陽炎說完後，小聲唸著什麼咒語，手指在空中描繪圖樣。接著，時空之門一如往常地出現了。

「我要開囉，你做好要回去的覺悟了嗎？」

聽他再次強調，就算心中有一半覺得這次大概也會失敗，但還是很緊張。

「……好了。」

「我要開囉。」

陽炎說完，輕輕推開雙開門。

那裡無庸置疑是日本。

眼前是隱身在熱水蒸氣後方的富士山。

肌膚裸露在外，正確來說，是全裸的女性們。

臉盆「哐啷」聲高聲響起。

「……還真是絕美風景呢……」

「說得是啊。」

看來似乎是和澡堂的女生浴室門連結了。

「這時間是你到這裡三天之後！可以回去、可以回去！」

陽炎邊掩飾著「出差錯了」的感覺，想把秀尚往門那頭推出去。

「喂！等等、等等！不可以！一過去就會因為色狼、偷窺、猥褻之類的罪行被逮捕啦！」

可想而知，一個男人突然出現在女生浴室中會引起多大的騷動。

然後直接扭送警局。

秀尚已經可以想像新聞標題會寫著「嫌犯表示，他因為工作出了一點狀況而心煩意亂」。

就在兩人推拉之時，門消失了。

「啊……你看啦，門消失了啦……」

陽炎相當遺憾。

「那我反過來問你，你有辦法在那種狀況中衝進女生浴室嗎？肯定會被帶到人界的看守所去喔。然後本宮絕對會傳出『聽說陽炎閣下衝進人界的女生浴室裡了呢』。」

冷靜一問，陽炎抓抓頭。

「那是，你說得是沒錯啦……」

「對吧？就算可以回去，我也不要一回去就變罪犯。所以雖然機會難得，我還是放棄了，不好意思。」

確實是個大好機會。

如果是個更容易跨出去的地方，他應該就回去了——應該吧？

此時此刻突然有點不確定。

總之，「這個地點不行啊！」的想法最先出現。

「總之辛苦你了，我來泡個茶吧。」

陽炎也確實為自己盡心盡力，所以至少得端個茶出來。

說完後，陽炎接著說要再挑戰一次：

「等等，剛剛那個抓到好方向了吧？我覺得只要稍微調整結構就可以成功耶！絕對還有機會！」

「……喔，嗯，或許是那樣沒錯，我總之先泡個茶吧。」

秀尚說著，把手上的背包放在工作檯上。

「你真是的，一點也不相信我。」

陽炎語帶憤慨地說著，但在秀尚問「要喝什麼茶？」時立刻回應「煎茶」，看來似乎一點也不在意。

拿茶壺煮水，煮水時準備泡茶壺和茶杯，從櫃子中拿出煎茶時，聽見「砰」的聲音，轉過頭一看，大概是沒放好，背包從工作檯上掉下來了。

「啊，感覺聽到不好的聲音耶……」

秀尚趕緊撿起背包，拿出裡面的手機一看，大概是掉下去時的角度不好，畫面出現龜裂了。

「啊～～糟糕了，哎呀，這也沒辦法啊……」

低語時，茶壺發出咻咻聲，秀尚把手機放在工作檯上，走回去泡茶。

泡好茶，把茶杯放在托盤上要端出去時，陽炎大喊：

「喂！你快來看！」

一看，那裡又開啟一扇時空之門了。

而眼前所見的，是好幾重綿綿延續的鳥居，那是可以看見伏見稻荷千本鳥居的地方。

「啊……」

「雖然是你到這裡來的三週前，但你只要不見到那段時間內的自己就沒有問題了，快點！」

可以回去了。

這樣想著。

也已經決定要回去。

但是，秀尚的腳步猶豫了。

——還沒有向大家道別。

還沒有對孩子們說他決定要回去了。

而現在，大家正在睡午覺。

「喂！門就快要關上了耶！」

陽炎尖聲對不知所措的秀尚喊。

秀尚這才回神，放下托盤抓起工作檯上的背包朝門衝過去。

門正緩緩關上。

「快點！」

陽炎的聲音。

彷彿有人在背後推他一把，秀尚朝門那頭衝過去。

霎時，轟聲蟬鳴震痛他的耳朵。

到處都有觀光客在拍照。

一轉過頭，後方已經不見陽炎，只看見一整排鳥居。

——我回來了啊……

已經決定要回來了。

明明如此，胸口卻痛得無法忍耐。

沒有好好向孩子們道別。

也沒有好好向陽炎道謝。

其他還有好多好多遺憾。

但是，這邊才是自己得要繼續活下去的世界。

鼻子深處刺痛。

視線變得模糊。

秀尚低頭不讓大家發現他在哭，混在觀光客中步上歸途。

九

他回到提交食譜三天前的世界。

此時自己的班表基本上都是午餐時段，為了填補人手不足的空缺，也會在休息一下後繼續上晚上時段的班，或是從早餐時段一直做到午餐時段結束。

由於人常常不在家，秀尚算好此時的自己不在家的時段，回到公寓。

「……好懷念……」

離開大約兩個月。

但感覺彷彿離開好多年了。

但他現在沒有時間沉浸在懷念當中。

總之先把作務衣脫掉換上背包裡的衣服，接著把作務衣摺好收回背包裡。

——不管怎麼樣，因為不能撞見自己，所以先離開公寓。

接著前往自己生活圈範圍外的網咖。

在網咖冷靜下來後，腦海中整理接下來自己該怎麼辦。

「總之在我遇到山難之前，得避免見面才行……」

雖然這樣想，但也不能一直住在網咖啊。

是要在自己不在家時回公寓，在家時離開公寓比較好嗎？還是與其不謹慎地進進出出，倒不如盡量待在家裡比較好？

想著這些事情時，突然想到。

「那個，我的行程表……」

打開背包，想要拿手機確認行事曆時，手機卻不在背包裡。

「咦？為什麼……」

應該放在背包裡面才對啊。

回來之前也在廚房裡拿出來看。

螢幕摔出裂痕……

「啊！」

這才想到。

他把手機放在工作檯上，回到這邊時卻只記得抓背包。

也就是說，手機忘在那邊的世界了。

「哇……糟透了，那很貴耶……」

頭大了，但也無計可施。

總之用電腦顯示月曆，確認食譜提交和發表的日期。

「今天是這天……明天我會和神原前輩一起到料理工作室，然後這一天是提交食譜的日子……」

把記憶中接下來要發生的事情與月曆對照。

——現在我就能阻止自己的食譜被偷。

秀尚這樣想著。

如果食譜沒被偷，他就不會和八木原起衝突，也就不會有那麼痛苦的經驗。

——我能獲救。

能現場逮到八木原盜取食譜的那一刻嗎？不，這極有可能碰見另一個自己。

因為同樣理由，也沒有辦法監視更衣室，預防八木原刪除手機裡的照片。

那麼，就算食譜被偷，在照片被刪除前先複製一份，被偷走之後再複製回手機就好了。

——但，手機裡的資料要怎麼複製啊？

秀尚開始上網搜尋方法。

做法有很多，但從結果來說，只要有做那道食譜時的照片就好了。

最快的方法就是把照片寄給誰，讓對方保留。

——把照片寄給爸爸、媽媽還是哥哥，之後再用不小心刪掉了之類的理由要回來就好了……

雖然這樣想，但秀尚至今不曾做過類似事情，或許會被問東問西的。

那麼，自己準備新的手機還比較快。

因為沒有保失竊險，所以新辦一支手機也沒差多少錢，而且想到現金回饋等活動，新辦還比較划算。

問題大概就是換門號這件事，但總是船到橋頭自然直吧。

如此判斷後，秀尚跑去買新手機。

接著在現在世界中的自己寫好食譜提交出去的那晚，他看準自己睡著的時間，回到自己房間。

拿起充電中的手機，撰寫寄給新手機的郵件。附件夾帶料理的照片，準備要按下傳送時，手指突然停止動作。

只要按下傳送，就能留下證據照片。

只要把照片複製回手機，就能證明那是自己的食譜，這樣應該也不會前往那間神社了吧？

這麼一來，也就不會去到狹間之地了。

——加之哥哥、加之哥哥……

孩子們黏著他的聲音和臉孔全部湧現在腦海。

他們一臉美味地吃飯的樣子，讓他好懷念。

發現時已經鑽進他的被窩中，甚至讓他覺得很熱。

——你這麼老實讓我覺得有點可怕耶……

沒個正經，也最替他盡心盡力的陽炎。

在居酒屋狀態的廚房裡，開心喝酒的稻荷們。

應該也沒辦法遇見他們了吧。

秀尚百般煩惱後，決定捨棄寫好的郵件，把手機放回充電器上。

——我自己，對不起啊……

道歉後，秀尚走出房間。

食譜順利（？）被偷了之後，這世界的自己感到無比絕望。

因為自己曾親身經歷，看著也很痛苦，「明明能做些什麼卻什麼也沒做」讓他感到非常抱歉。

——但不後悔，自己啊，在那邊好好加油喔。

秀尚遠遠目送毫無生氣地前去上班的自己。

接著趁自己不在時回房間。

一直待在網咖，在金錢方面多少會有問題，所以他決定自己不在房間時就回房間過。

——廁所衛生紙少很快，感覺家裡好像有其他人，都是因為我在啊……

雖然曾擦身而過，但他盡量小心不讓兩人同時在家裡。即使如此，房間裡還是留下曾有其他人待過的氣息。

因此變得更加無法安寧的過去的自己，在飯店裡頻頻出錯，被強制休假後，就像現在的自己曾做過的一般，前往斬斷孽緣的神社。

正如預期，這天自己沒有回公寓，隔天也沒回來。

——此時此刻，他應該在那邊被淺蔥和萌黃撿到了吧……

邊想著這種事，又再等一天，確定自己真的沒回來後，秀尚開始行動。

首先，先去將先前使用的手機門號解約，接著回老家。

對雙親說自己找到想做的事情，可能會辭掉飯店的工作。

雙親雖然嚇了一跳，但基本上秉持「你自己決定好了就隨你開心」的態度。

順便把新手機號碼告訴雙親，也請雙親轉告其他兄弟。

接著去見外祖父母。

兩人都非常健康，秀尚做菜大家一起吃。

在講到將來還不確定的計畫時，提及可能會辭掉飯店工作的事。

外婆對他要辭掉安定工作感到不安，但外公只說了一句：

「如果有心要做，就要努力。」

秀尚點點頭，決定問外公他有點好奇的事情：

「外公啊，你因為生病的關係突然沒辦法繼續當廚師不是嗎？……果然還是有後悔之類的嗎？」

這問題讓外公一笑：

「所有事情都有結束的一天。」

他的表情訴說著，雖然不是沒有後悔，但他已全然接受。

——啊啊，外公也是這樣啊。

和那間食堂的老闆表情重疊，秀尚再度「嗯」地點頭。

就這樣，向家人報告完畢後，為了將來四處奔波之時，一週休假也只剩下一天了。

到此時，秀尚才發現主任還沒和他聯絡接下來的班表，正確來說是這才發現主任要聯絡他，應該也是打之前的手機，所以他就直接到飯店去。

「加之原，你到底是怎麼啦？我可是打你手機打了好幾次啊。」

主任果然有聯絡他，但不管什麼時候打，都只有「因客戶提出申請～」的機械聲。

「不好意思，因為我弄丟手機……由於辦新手機比較便宜，所以我就辦了新手機了。」

秀尚說完後，主任嘆了一口氣，放下心中大石說：

「唉，看你有精神我就放心了……如果明天還聯絡不上你，我就真的要聯絡你父母了。」

「我明天的班表是哪時？」

「午餐，你可以嗎？」

「可以。」

主任對如此回答的秀尚說：

「看你的樣子，休假這段時間應該好好轉換心情了……但我可以重提舊事嗎？食譜的事情。」

「啊～～好。」

「八木原提交的食譜，我現在還不知道那是不是剽竊，但是有個人出來作證說，你的食譜和那個一模一樣。」

「……是、神原前輩嗎？」

秀尚說出名字時，主任點點頭。

「沒錯，他說你在試作時，他就和你在一起。」

「……也有可能是我和他串證喔！」

所以他才沒有說出神原的名字。

因為他不希望神原祖護自己，結果在這邊工作得很痛苦。

「他說他手上有可以當成證據的東西，然後呢，他也說沒有你的同意他不能拿出來。但取而代之的是，他對我說那個食譜裡，充滿了你的外公、外婆為了矯正你的偏食下了許多功夫的苦心。」

「這樣啊，真的很感謝他，但那件事已經夠了。」

說到這，秀尚一度閉上嘴後再度開口：

「我今天除了要來問班表之外，還有另一件事……是來商量辭職的事情。」

秀尚這句話嚇得主任睜大眼。

「辭職……你別急著下結論啊，食譜的事情我會好好解決，絕對會讓你能接受。」

「謝謝主任，但我不是因為食譜的事情才決定要辭職。雖然是關鍵啦……但我有其他想做的事情。我盡量不想要造成現場混亂……所以想問哪時離開才不會造成現場困擾。」

秀尚的弦外之音就是「去意已決」。

「……你應該不是自暴自棄吧？」

「我也不太確定，但應該沒問題，雖然我想做的事情還滿有勇無謀的。」

主任要他說說什麼事情是有勇無謀，秀尚大致說完後，主任嘆了一口氣：

「……真是的，如果已經講到那種程度了，那也沒辦法，但那可不是一件簡單的事情啊。」

主任同意了他的辭意，決定一個月後正式辭職。

「總之見見神原再回去，我去叫他。」

主任說完後離開主任辦公室。

過一會兒，走廊傳來奔跑的腳步聲，門接著被粗暴地打開。

「……加之原！」

「啊，好久不見。」

秀尚一點頭，神原表情扭曲：

「你到今天是幹嘛去了啊？我打了好幾次電話給你耶！去公寓你也不在！」

才說完，他全身無力地跌坐在地。

「神原前輩……」

「我從法國一回來，就看見你的食譜掛上八木原前輩的名字貼在布告欄上……還想說這是怎麼一回事，接著就聽見你和他因為這件事起爭執……」

「……對。」

「你為什麼不馬上聯絡我？你試作時我就在旁邊，我怎麼樣都會願意替你作證啊。我這樣想著到公寓去，結果你不在……我超擔心你該不會想不開吧？」

說完後，神原眼泛淚光。

神原總是帶著溫和笑容，和薄緋稍有不同，但神原的情緒也不太有起伏，秀尚只知道這樣的他，所以相當意外。

「不好意思，我回了老家一趟……然後還弄丟手機，換了新手機之後連門號也一起換了。」

說明後，神原用力嘆了一口氣。

「原來是這樣……為什麼要在這種時候弄丟手機啦？」

「哎呀，這我也很想問，完全就是禍不單行啊。」

說完，神原終於笑著站起身。

「你看起來一點也不沮喪耶……」

這麼一說，又恢復認真的表情繼續說：

「我手上有你的試作品的照片。」

「咦……？」

「做試作品時的照片裡有認真成品的照片，也有講著『堆小山』胡鬧著玩的照片，我想把那當成證據給主任看。」

「是這樣……啊。」

秀尚不記得這件事。大概是神原拍照時，他正在做其他事情沒注意到吧。

「但無所謂了，我已經決定要辭職了。」

「辭職？為什麼！該辭職的人不是你而是八木原前輩吧？」

神原極力反對。

「我不是自暴自棄，也不是厭煩了，是因為我有了其他想做的事情，所以想要好好努力。我已經和主任商量好，也取得他的同意了。」

秀尚的話讓神原露出「無法接受」的表情，但他立刻問：

「已經決定好了嗎？」

「對。」

「……我明白了，但我還是要把照片給主任看，這不是為了你，而是因為我怒到忍無可忍，你別阻止我。」

「會不會讓你的立場變難堪？」

自己已經要辭職了，會怎麼樣都無所謂。

但留在這裡工作的神原可能會遇到什麼麻煩的事情。

八木原的夥伴還挺多的。

秀尚不希望神原和他們起摩擦，受到什麼不合理的對待。

「就算立場變難堪，我更不想要對舞弊視而不見，然後一直抱著這種愧疚的心情。對不起，只有這點我無法退讓。」

神原的眼神，有秀尚至今不曾見過的堅定。

——我要生氣時也是會生氣的喔？……

——七十年一次的週期之類的嗎？……

——我沒想到竟然會有人用竹子開花的週期來形容啊……

突然想起他們曾笑著如此說。

「……好，就請你依你的想法做。」

秀尚邊笑邊說，神原問：「你該不會是在休假期間用力打到頭吧？」秀尚想著，還是第一次知道這個人嘴上其實挺不饒人的。

＊

過完年，新年假期也結束時，秀尚已經完全習慣新工作了。

「太好了，有人願意接手這家店。」

「這味道和老闆的一模一樣呢。」

顧客邊吃烏龍麵邊說。

「前老闆也讓我繼承了他秘傳的高湯。」秀尚笑著回應顧客。

秀尚「想做的事情」就是想要接手到狹間之地前去吃午餐的那家餐館，好好經營。

從老家回京都後，他直接再次造訪餐館，又吃了一次烏龍麵。他覺得「果然還是好好吃」，於是鼓起勇氣對老闆說希望能讓他接手這家店。

剛開始，老夫妻還以為他在開玩笑，秀尚表示自己是在飯店裡工作的廚師後，他們也理解他是認真的，但還是沒好表情。

理由並非不相信秀尚，而是擔心這家店會虧錢。

「我們夫妻一起經營，有領年金所以才能不賺錢也繼續做。之前也說過，自從神主過世後，參拜香客也漸漸變少了。老實說，這裡很難經營，你留在飯店生活絕對比較安定。」彷彿擔心的家人般這樣對他說。

即使如此，秀尚還是不退讓，老夫妻給出「要是他能辭掉飯店工作」的條件，結果秀尚確定辭職後再次造訪，意識到「既然你如此堅持」，老夫妻才終於妥協。

但他們真的很擔心秀尚，所以不是把店鋪賣給他，而是用超便宜的租金租給他，而且所有器材都讓秀尚隨意使用。

這家店的二樓有居住空間，聽說他們以前住在這邊，邊養小孩邊經營餐館，但現在在距離餐館十五分鐘車程處另外有房子，他們現在住那邊。

「即使如此，這邊還是有許多回憶，一想到將來不再有人到訪，只能漸漸凋零就覺得很不捨啊……」

擔心秀尚的同時，也安心了。

多虧老夫妻在關店時，向常客宣傳雖然店名會改變，但有人願意接手這家店繼續經營，之前的常客們也不時來看看狀況。

再加上主任和神原也在社群網站替他宣傳，來客數並不少。

從老夫妻手上繼承下來的烏龍麵和蕎麥麵的味道，以及新推出的菜單都很受歡迎，雖然還不多，也開始出現回頭客。

當然獨自經營有許多辛苦的地方，但有不同於在飯店時的充實感。

說起飯店，那個食譜在幾天後，刪除食譜提案者的名字後重新刊載，且加上「因為參賽過程中出現舞弊，所以刪除提案者名字。只不過，此食譜入選為新菜單一事沒有任何改變」，廚房內騷動了一段時間。

當然大家都知道秀尚曾逼問八木原是不是偷了他的食譜，也有人跑來找秀尚問東問西，但秀尚堅持一概不知。

八木原也相同，但有人說他看見八木原被主任罵，所以情勢相當不利。

對此神原表示：

「但他是有真實力的人，我覺得大家還是會追隨他吧，對那個人來說也是緊要關頭吧。」

——越溫柔的人生起氣來越恐怖，那大概就是指神原這樣的人吧。

雖然沒說出口，但秀尚深有感觸。

神原在他餐館開幕之後，已經來三次了。

更正確來說，開幕前改裝時，神原只要休息時就會來幫忙。

令人意外的是，神原很喜歡ＤＩＹ，甚至還有行家在用的道具，所以來幫他。

然後，秀尚把店名取為「加之屋」。

雖然想了許多店名，但他很懷念地想起狹間之地孩子們叫他「加之哥哥」的聲音。

——大家過得好嗎……？

每天都在幹嘛呢？

他留下的食譜有稍微派上一點用場嗎？

偶爾會非常在意這些事。

已經感覺像是一場夢了，但如果能實現，真希望再見他們一次。

想要再見面，好好向他們道別。

這一直是秀尚的遺憾。

但是，大概再也見不到面了吧。

——等一切穩定下來後，找機會去哪間稻荷神社吧。

拜託神明傳話，說不定會帶話到他們那邊去。

邊想著這些事情，秀尚過著忙碌的每一天。

「啊～～今天也好冷喔！」

早上，從二樓住處到樓下的店舖做準備的秀尚，廚房的寒冷讓他全身發抖。

只要開始做菜，房間就會跟著慢慢變暖，但每天一開始總是很冷。

但站著不動會更冷，他決定總之要先動動身體，

「好，做準備、做準備！」

秀尚為自己打氣後打開冰箱門。

下一個瞬間，有東西從裡面飛出來。

「咦……？」

秀尚以為是冰箱裡的食材掉出來，但立刻發現不是。

「……！加之哥哥！」

「找到加之哥哥了！」

「找到了！」

飛出來的是淺蔥和萌黃。

不僅如此，孩子們陸陸續續從沒關門的冰箱裡跑出來，最後連小狐狸也跑出來了。

「咦？什麼？為什麼？」

「太棒了！是加之哥哥！」

「見到加之哥哥了！」

別說回答秀尚的問題了，孩子們和小狐狸又叫又鬧地在秀尚身邊跑來跑去、蹦蹦跳跳，無比吵鬧。

「等等，真的，給我等等。」

秀尚陷入混亂，完全搞不清楚狀況，冰箱旁邊業務用的冷凍庫門突然在秀尚面前打開。

「超冷！這裡面超冷！」

邊發抖邊跑出來的是瘦弱帥哥稻荷陽炎。

「這裡面怎麼樣啊！有幾個小雪女啊？」

陽炎一看見秀尚立刻指著冷凍庫問。

「我哪會知道那種事啊？話說回來，這到底是怎麼一回事啊！」

老實說這也太混亂了，秀尚短時間內只能茫然不知所措。

「那麼，到底是為什麼會變成這樣呢？」

端茶給在規劃成日式座敷席位的榻榻米空間上，稍微冷靜下來的孩子們與陽炎之後，秀尚開口問。

接著，

「那個啊～～萌黃他啊～～」

「都是因為加之哥哥之前突然跑回來了……」

「飯又變得和以前一樣。」

孩子們一起開口說話，根本聽不懂在說什麼。

「好，知道了知道了，先讓我來說吧。」

陽炎制止孩子之後開始說明。

「你回來之後，這些小不點們哭個不停，哭哭啼啼說著要見你。然後呢，同情他們的稻荷就說溜嘴了……哎呀，就是教他們打開時空之門概念之類的東西啦。說是教，也只是那個喔，真的是本宮養育所在騙小孩子的說詞喔，『將來有天努力可以去見面就好了』之類的喔。」

「但他們真的把門打開了耶。」

秀尚吐槽後，

「這就是這些小不點們的可怕之處，要小聰明了。他們拿與你相連結的東西當憑藉物，硬把門撬開了……萌黃，東西拿出來。」

陽炎邊說明，邊催促著萌黃什麼。

萌黃看看秀尚又看看陽炎後，從懷中拿出什麼東西。

那是秀尚忘在另外一邊的手機。

「……那個啊，我們拿著這個，很努力很努力祈禱，拜託讓我們再見到加之哥哥，然後唸教給我們的咒語。」

「試了好幾次都不行，然後終於成功了！」

淺蔥打斷萌黃的說明，相當驕傲地說。

「你帶來的東西留有你的氣息，那會變成絲線相連結。而且這附近離人界的本宮不遠，大概也受那股力量影響。」

「……謝謝你的說明，雖然我有八成聽不懂。」

他真的不懂術式，所以只能這樣說，但這回答讓陽炎笑了。

「你果然就是你啊。」

說完後環視內店問：

「然後呢？這裡是什麼？你家嗎？我記得你不是在飯店裡工作嗎？」

「我辭掉工作了。」

秀尚乾脆地回答，陽炎露出「還真有趣哪」的表情。

「辭職了？你和那個小偷發生什麼事情了？」

「不，那件事已經解決了……」

秀尚把神原拿出證據來幫忙他的事情，但那時已經下定決心要辭掉飯店工作到這裡開店，以及前老闆是非常好的人等事情全說出來。

「原來如此啊。雖小卻也是一國一城之主啊。」

「雖然是租的，但就是這樣。」

秀尚說到這裡，

「加之哥哥，我想要吃加之哥哥做的飯。」

一直靜靜聽大家說明的豐峯，大概發現說明已經告一段落，開始說出自己的主張。接著孩子們也七嘴八舌：

「我也要！」

「想要吃加之哥哥做的飯！」

「我有留下簡單的食譜給你們，你們有用嗎？」

首先先問這件事，「嗯……但是沒辦法和加之哥哥做的一樣好吃。」萌黃一臉沮喪地說著。

「加之哥哥一起回去好不好？然後再一起玩？」淺蔥接著說。

「小壽，要，在一起。」

在這之中，一個眼生的孩子開口說。

他在人形孩子中特別嬌小，有一頭如天使般蓬鬆的大鬈髮，非常可愛。但秀尚完全不記得。

「……咦？是誰？」

他認識其他所有孩子的臉，只有這孩子不認識。

「是小壽。」

萌黃回答。

「什麼！是小壽？小壽，你可以變身成小孩子了啊？好厲害喔！」

秀尚說完後，壽壽站起身跑到秀尚身邊。

「小壽，喜歡，加之哥哥。想要，在一起。」

大概還沒辦法好好說話，用著咬字不清的聲音說。

「小壽，謝謝你。」

摸摸他的頭之後，他的耳朵和尾巴開心地搖個不停。

「所以啊，一起回去嘛。」

「薄緋大人也在等你。」

孩子們開始同聲高喊「一起回去」。

——啊～～感覺以前在電影中看見這種東西，讓他產生想把鸚鵡放在肩上的心情。

秀尚邊想著這種事情，邊斬釘截鐵地說：

「謝謝你們啊，但請讓我鄭重拒絕。」

但是，孩子才不會輕易退讓。

「不要～～！」

「要一起回去～～！」

「我只想要吃加之哥哥做的飯……！」

「我不要便當的炸雞塊，要吃加之哥哥的炸雞塊！」

「也不想要喝熱水泡的味噌湯，想喝加之哥哥的味噌湯！」

開始混雜起具體且確切的要求了。

陽炎對此苦笑著說：

「你回去之後，三餐又變得單調，還有啊，有不少稻荷也很懷念你做的菜。」

「這提議雖然很棒，但我是這家店的老闆，沒辦法隨便就到那邊去，所以請容我拒絕。」

秀尚回應後，陽炎點點頭。

「啊啊，我明白你的狀況。但是啊，我們的胃已經被你的菜養刁了，可沒辦法如此輕易安撫，所以有件事想找你商量。」
「我只有種絕對不是什麼好事的感覺……」
「別那樣說，你先聽我說完嘛。」
他都這樣說了，秀尚只好點點頭。
「就我來看，這附近的神社似乎沒什麼參拜香客。」
「啊～～對，神主幾年前過世後，現在似乎只有週末時會有其他地方的神主過來而已……」
「原來如此……那邊的末社正好有稻荷神社，我們去和本殿的主祭神談好，把這周邊一帶讓稻荷加強守護。你這家店也在守護範圍內，可以逃過所有災厄喔。」
「喔……」
「稻荷是掌管生意興隆的神明，你這家店也會生意興隆得恰到好處吧。代價就是，可以讓我們吃你做的菜嗎？就把那個當成給我們的祭品。我覺得這主意很不錯喔。」
秀尚煩惱著，不知該怎麼回答才是正確答案。
但在此時，秀尚的視線和孩子們閃閃發亮期待看著他的視線對上了。
——啊～～……這是無法拒絕的模式啊……

這麼想著，也理解自己贏不了了。

「……我明白了，如果是人類顧客不上門的時間，你們可以來。」

這句話讓孩子們開心得又叫又跳。

「等等！小孩子們只有在得到薄緋先生的許可時才可以來！」

突然多加的這句話引起孩子們的大噓聲，

「但是我每天都會幫你們準備三餐送過去。」

聽到這句話後，才心不甘情不願地同意。

老實說，考慮到食材等問題，感覺很難維持收支平衡，但他也只能期待陽炎口中的「生意興隆得恰到好處」了。

「可以當你同意了嗎？」

「好。」

「那麼，訂定契約吧。」

陽炎說著伸出手。

秀尚毫不猶豫地握住他伸出的手。

＊

和陽炎訂定契約的那晚起，以前的居酒屋常客稻荷們開始在關店後現身店裡。

他們算是貼心地藏起耳朵和尾巴，也會帶食材來給他。有在狹間之地田裡採收的蔬菜，也有和以前一樣出差去調查時在人界土地買來的伴手禮等等。

秀尚拿這些東西做菜招待，所以花費比想像中還少。

話說回來，訂定契約後，雖然沒有「忙到昏頭轉向」，但每天不管哪個時段都有顧客上門，而且沒有坐很久的人，翻桌率很不錯。

正如陽炎所說的「生意興隆得恰到好處」。

——這果然是神明有保佑啊……

想著這種事情，每週一次的公休日早晨，當他比平常更悠哉地待在被窩裡度過時，

「加之哥哥！」

「加之哥哥，我們來了！」

秀尚生活的二樓走廊，傳來孩子們乒乒乒乒小跑步的聲音，寢室拉門「唰」一聲被拉開。

「加之哥哥起床～～」

「起床～～」

孩子們邊說邊鑽進被窩裡。

因為事前說好孩子們只能在秀尚沒有預定行事的公休日來，也事前通知薄緋他的行程，因此到目前為止，他們都好好遵守著這件事。

「你們已經在那邊吃完早餐了吧？再讓我睡一下啦！」

「那我也一起睡～～」

「一起睡。」

雖然這樣說，但孩子們又叫又鬧地開始吵鬧，讓人根本無法入睡，結果秀尚還是起床了。

「真是的，你們這些小鬼，害我都醒了啦。」

邊說邊伸懶腰，洗完臉後走到一樓。

雖然二樓也有洗手間，但設備壞了不能用，所以秀尚現在與顧客共用。他打算過一陣子有閒錢後要修理，但衛浴設備比想像中花錢，可能得再等一段時間吧。

「先上廁所、上……」

邊唸邊打開廁所門的秀尚愣在門前。

原本該在這裡的廁所消失了。

門的那一頭是看慣的「萌芽之館」兒童房。

「喂！是誰！今天是誰開門！」

如果是成人稻荷開的門，不管把門開在哪裡，都沒辦法從人界進入另一邊。

就算和廁所門相連結，廁所還是可以當廁所用。

但是廁所不見了。

「今天是我開的！」

跑到樓下來的淺蔥自信滿滿地說。

「拜託你把門的位置換一下，廁所只有這一間耶！」

因為秀尚滿心想上廁所，很多意義上來說都要走投無路了。

「欸～～！我又不知道要怎麼弄。」

「什麼『不知道』啦！真是的！」

「可是我真的不知道嘛。」

淺蔥一臉困擾，但真正困擾的是秀尚啊。

「那你回去館內，把薄緋先生找來！」

「欸～～……我都已經過來了耶。」

「你把薄緋先生找來之後，再留在這邊玩就好了啦！好，快點去！」

秀尚半強迫地把淺蔥推回去。

之後，在淺蔥把薄緋帶過來讓廁所可以用的這幾分鐘裡，秀尚不得不賭上成人男子的尊嚴奮戰。

全書完

國家圖書館出版品預行編目資料

小狐狸們開飯囉！稻荷神的員工餐/松幸果步著；林于椁譯. -- 初版.-- 臺北市：皇冠, 2020.11面；公分.
--（皇冠叢書；第4895種；mild 31）
譯自：こぎつね、わらわら　稲荷神のまかない飯
ISBN 978-957-33-3608-2（平裝）

861.596　　109014558

皇冠叢書第4895種
mild 31

小狐狸們開飯囉！稻荷神的員工餐

こぎつね、わらわら　稲荷神のまかない飯

作　　者—松幸果步
譯　　者—林于椁
發 行 人—平雲
出版發行—皇冠文化出版有限公司
台北市敦化北路120巷50號
電話◎02-27168888
郵撥帳號◎15261516號
皇冠出版社(香港)有限公司
香港上環文咸東街50號寶恒商業中心
23樓2301-3室
電話◎2529-1778　傳真◎2527-0904
總 編 輯—許婷婷
責任編輯—張懿祥
美術設計—單宇
著作完成日期—2018年
初版一刷日期—2020年11月

法律顧問—王惠光律師

讀者服務傳真專線◎02-27150507
電腦編號◎562031
ISBN◎978-957-33-3608-2
Printed in Taiwan
本書定價◎新台幣260元/港幣87元